아무도 모르는 기적

김주영 소설
아무도 모르는 기적

제1판 제1쇄 2018년 12월 17일
제1판 제4쇄 2023년 4월 28일

지은이   김주영
펴낸이   이광호
주간   이근혜
편집   김가영 박지현
펴낸곳   ㈜문학과지성사
등록번호 제1993-000098호
주소   04034 서울 마포구 잔다리로7길 18(서교동 377-20)
전화   02) 338-7224
팩스   02) 323-4180(편집) / 02) 338-7221(영업)
전자우편 moonji@moonji.com
홈페이지 www.moonji.com

© 김주영, 2018. Printed in Seoul, Korea.

ISBN 978-89-320-3491-1 03810

이 작품은 대한민국예술원의 2018년도 예술 창작 활동 지원금을 받아
집필·발간되었습니다.

이 도서의 국립중앙도서관 출판예정도서목록(CIP)은 서지정보유통지원시스템 홈페이지
(http://seoji.nl.go.kr)와 국가자료공동목록시스템(http://www.nl.go.kr/kolisnet)에서
이용하실 수 있습니다. (CIP제어번호: CIP2018037341)

아무도 모르는 기적

김주영 소설

문학과지성사

차례

가을이면 고추가 빨갛게 익어가는 두들 마을은, 읍내로 이어지는 한길에서보다 비행기에서 더 잘 보이는 마을이었다. 한길을 벗어나 산기슭 쪽으로 깊숙이 들어앉은 마을이었기 때문이다. 경사진 언덕이 마을 뒤쪽으로 말발굽처럼 감싸고 있어서 하루 종일 햇볕이 깃들어 밭농사가 썩 잘되는 마을이기도 했다. 여름밤이 깊어지면, 계곡물에서 잡은 물고기를 입에 문 너구리가 풀숲 아래로 종종걸음을 치고, 닭장을 노리는 살쾡이나 족제비가 울바자 구멍으로 밤새 들락거리는 마을이었다. 그러나 눈이 내리는 겨울밤이면 간혹 먼 데서 들려오는 늑대들의 울음소리가 등골을 파고들어 깊이 잠들기가 어려운 마을이기도 했다.

젊은 농사꾼인 박호창 씨는 해 질 녘에 다음 날 읍내 장마당에 내다 팔 고추를 마대에 다져 넣고 있었다. 늦여름에 따서 초가을에 이르기까지 초가지붕에 널어 갈무리한 태양초였다. 그런 박호창 씨의 머릿속에는 몇 가지 상념이 스쳐갔다.

이른 봄, 마을에서 멀리 떨어진 산기슭 비탈밭에 고추 모종을 낸 뒤부터 추수할 때까지 농사일에 부대껴 새우처럼 등이 휜 아내의 고생이 이만저만이 아니었다. 그의 아내 양순네가 뒤축이 닳은 고무신을 질질 끌며 고추밭을 매러 나가는 모습이 여러 번 눈에 띄었다. 고무신 끌기가 번거로워 맨발로 나가는 경우도 있었다. 그런데도 양순네는 불평 한마디 없었다. 그런 아내의 궁상스러운 뒷모습을 바라볼 때마다 박호창 씨는 민망하고 부아통이 터져 가슴속이 개운치 않았다.

뿐만 아니었다. 여덟 살이 된 아들 준호도 정수리가 하늘에 닿을 것 같은 높은 고갯길을 넘어야 하는 읍내의 등굣길이 너무나 벅차게 보여 아직 학교 보내기를 주저하고 있었다. 고개를 넘는 길에는 발아래로 여울물이 아득하게 내려다보이는 벼룻길과 산등성이 오솔길을 걸어야 하기 때문에 준호 혼자 등굣길로 내몰 수가 없었다. 어린 나이에도 말수가 적어 과묵하다는 평판을 듣는 준호도 애옥살이를 견디느라 입성은 남루하고 팔다리도 비쩍 말라 있었다. 아내와 아들의 그런 모습이 아버지 박호창 씨의 가슴속을 아프게 후벼 팠다. 물론 박호창 씨 자신이 감당해야 할 일도 많았다. 추석을 앞둔 읍내의 대목 장날에 가서 겨울에 두엄을 뒤집어줄 쇠스랑도 장만해야겠고, 내년 농사를 위해 무디어진 도끼날도 벼려야 했다. 누룽지 긁는 숟가락처럼 닳아버린 낫도 한두 자루 더 마련해야겠고, 막걸리 추렴도 해서 지난여름에 겪었던 그 옹골찬 노고와 회포도 홀홀 털어버리고 싶었다.

이튿날 박호창 씨는 읍내 장으로 가기 위해 집을 나섰다. 그런데 그날은 아들 준호를 데려가고 싶었다. 학교가 위치한 읍내 장마당을 구경시키는 것이 아들에게 세상 구경을 시키는 것과 마찬가지라는 생각 때문이었다. 그리고 늦긴 했지만, 내년에는 반드시 준호를 학교에 넣고 싶었다. 그러나 양순네는 준호를 읍내 장마당으로 보내는 일이 썩 내키지 않았다.

"웬만하면 당신 혼자서 쏜살같이 다녀오는 게 좋겠어요. 장마당으로 간다는 일이 당신한테는 대수롭지 않겠지만 준호에게는 난생처음 동네 밖으로 나들이하는 것이니 얼마나 낯설고 겁나겠어요."

"잔소리 그만하게. 준호뿐만 아니고, 모든 일은 처음부터 시작하는 것이야. 처음이 무서우면, 세상일을 누가먼저 시작하겠나."

"길이라도 잃어버리면 철부지가 누굴 잡고 길을 물어볼까요."

"길을 잃을 턱이 없어. 나하고 손을 꼭 잡고 다닐 텐데, 무슨 걱정이야……"

"차려입고 나설 옷도 마땅치 않고…… 신고 갈 신발이라도 멀쩡한 것이 있나. 낯선 장마당에 들락거리다가읍내 아이들에게 조롱이라도 당하면 어쩌려고……"

어디 그뿐인가. 양순네 역시 이 마을로 시집온 이래로 단 하루도 지기 펴고 살았던 날이 없었다. 수숫대처럼 깡마른 체구에 제 몸을 지탱하기도 힘들 정도로 허약해서 밭에 나가 호미질을 하면 고개가 밭고랑 속으로 떨어질 듯 지칠 때가 많았다. 그런 아내의 속내를 죄다 읽고 있는 박호창 씨가 한마디 덧붙였다.

"장에 가면 당신 신발도 살 거야. 그러니까 잔말 말고 아이 얼굴이나 박박 문질러 씻겨줘."

해는 벌써 중천 가까이 떠올랐는데, 두 사람이 옥신각신하는 말을 엿듣고 있던 준호는 속으로 조마조마했다. 아버지가 자기를 장마당에 데려가는 것을 단념할 수도 있었기 때문이다. 자칫하면 마을 밖으로 지난다는 트럭 얻어 탈 시간을 놓칠 것 같았다. 얼추 세수를 마친 아버지와 아들은 손을 맞잡고 서둘러 한길과 만나는 마을 앞길로 나섰다. 그곳에는 벌써 읍내 장으로 가려는 장꾼들 서너 사람이 기다리고 있었다. 앞뒷집에 살면서 흉허물 없이 지내는 삼복이 아저씨는 아버지 손에 이끌려 나온 준호를 보고 혀를 끌끌 차면서 농을 걸었다.

"이 녀석, 읍내에 간답시고 형수님이 때를 확 벗겨놨네. 수챗구멍 드나드는 생쥐 같던 얼굴이 보름달 저리 가라 하고 훤해졌군."

그 말에 박호창 씨가 발끈하였다.

"남의 집 장손을 보고 생쥐 같다니…… 말조심하게나."

"형님…… 아들 얘기라고 역증 내시네. 그런데 읍내까진 거리가 수월찮을 터인데……"

"걱정 말게나."

"준호야, 읍내 장에는 객지 것들이 들쑤시고 다녀서 잘못하면 그것들이 네 코를 베어 갈 수도 있어. 조심하거라."

"어허, 걱정도 팔자군. 애가 산골 아이라 하더라도 자기 코 베어 가는 것을 못 알아차릴까."

"말이 그렇다는 얘기지요…… 조심해서 나쁠 것 없어요. 저기 트럭이 오네."

읍내에 장이 서는 날에만 나타나는 화물트럭 적재함

12

에는 바닷가 포구에서부터 탑승한 건어물 장사꾼 대여섯이 짐짝 사이에 웅크리고 앉아 있었다. 트럭이 나타나기만을 기다리던 두들 마을 사람들도 적재함으로 잽싸게 올라탔다. 그들 이웃 사람 중에는 박호창 씨처럼 장에다 내다 팔 고추 마대를 실은 사람들도 있었지만, 키우던 닭 서너 마리를 품에 안고 있는 사람, 뒷산에서 캔 더덕 자루를 안고 있는 아낙네, 돼지 새끼를 안고 있는 노인네도 있었다.

트럭이 다시 시동을 걸고 출발하자, 준호를 따라 한길까지 따라왔던 누렁이가 동행하지 못한 것이 못내 아쉬운 듯 주둥이를 땅에 넙죽 엎드리며 앓는 시늉을 했다. 양순네는 트럭이 시야에서 사라질 때까지 그 자리에 서서 바라보았다. 비포장도로에 흙먼지를 일으키며 출발한 트럭은 가다 서기를 반복하면서 엉금엉금 기어갔다. 비포장인 데다가 이틀 전 밤새 내린 비로 곳곳이 패어 있었기 때문이다. 좁디좁은 한길을 따라 상수리나무, 아까시나무, 소나무, 참나무 같은 잡목들이 서로 결박하듯 촘촘하게 들어서서 한길 밖의 세상을 가늠할 수

13

없을 정도였다. 길 위로 가면서 길을 찾아가는 듯한 트럭에서는 어긋난 쇳조각이나 덜 조여진 부속품이 서로 부딪치거나 덜그럭대는 소리가 쉴 새 없이 들려와 불안하기 그지없었다. 그러나 어느 누구도 그 소리에 귀를 기울이는 사람은 없었다. 화물트럭을 타면 언제나 들려오는 소리였기 때문이다.

적재함 뒤에서 일어난 흙먼지는 사람들 머리 위를 뒤집어씌울 듯이 덤벼들었다. 그런가 하면 질주하는 트럭의 속도에 따라 먼발치로 흩어졌다가 다시 허공으로 뽀얗게 부풀어 올라 매달리며 끈질기게 따라붙었다. 때로는 그 흙먼지가 트럭의 속도를 저만치 앞질러 나가 마술처럼 뽀얗게 피어오를 때도 있었다. 그래서 적재함에 타고 있는 장꾼들 눈썹에는 흡사 새벽 서리 맞은 것처럼 뽀얀 흙먼지가 내려앉아 있었다.

그 고물 트럭이 읍내 장마당 어귀에 당도한 것은 정오가 코앞까지 가까워진 시각이었다. 아직 파장은 아니었다. 워낙 먼 거리에서 걸어오는 장꾼들이 대다수여서 정오가 지나서야 북새통을 이루는 경우가 많았다. 거칠

16

고 천박한 말투가 오가는 장마당의 갑작스러운 소동으로 겁에 질려 가지 않으려고 버티는 암소를 몰고 나타난 사람, 멧돼지 네 다리를 새끼로 꽁꽁 묶어 짊어지고 오는 사람, 잎담배를 겨드랑이에 끼고 오는 사람, 미역과 말린 가오리 짐을 지고 나타난 건어물 장수, 대광주리를 머리에 이고 오는 아낙네, 땔나무 짐을 지고 나타난 늙은이, 돗자리를 어깨에 메고 팔러 오는 사내, 지게에 곡식 자루를 짊어지고 오는 사람, 강정이나 떡을 시루에 담아 이고 오는 아낙네, 누룩 넣은 자루를 어깨에 메고 종종걸음인 장사꾼, 지게에 미투리나 짚신을 잔뜩 지고 오는 사람, 참기름병을 들고 종종걸음을 하는 아낙네, 지게에 건어물을 지고 땀을 뻘뻘 흘리며 오는 사람, 등에는 어린아이를 업고 머리에는 항아리를 인 채 담긴 것이 쏟아질세라 조심스럽게 까치걸음을 옮겨놓는 아낙네, 서로 이야기를 나누다가 어느 한순간 발끈하고 성깔을 부리는 땋은 머리 처녀, 맨손으로 장마당 입구 쪽으로 바쁘게 걸어갔다가 다시 황급히 돌아오는 사람, 방갓에 상복을 입은 채 땅만 보고 걷는 상주, 서로

17

마주 선 채 머리에 쓴 갓이 부서질세라 엉거주춤 허리 굽혀 정중히 인사를 나누는 노인네들, 무슨 일인지 서로 입을 손등으로 가리며 깔깔대고 웃는 아낙네들, 방갓을 쓴 스님, 패랭이를 쓰고 바쁘게 어디론가 달려가는 사내, 긴 옷을 입은 사람, 짧은 옷을 입은 사람, 대낮부터 술에 취해 혼자 중얼중얼 혼잣소리를 하며 비틀거리는 사람, 삿대질하는 사람, 지팡이에 의지하며 가까스로 걸음을 떼어놓는 노인네, 찔통을 부리는 어린아이 손을 잡아끌며 두 눈을 부라리는 아낙네……

산골 아이인 준호의 눈에는 어디를 가나 서푼짜리 악담이 쏟아져 나와 두렵거나, 엄살을 떨거나, 곡절 없이 패악을 부리거나, 입에 게거품을 물고 대들거나, 그런가 하면 넉살 좋게 웃거나, 멱살잡이한 채 담판을 짓거나, 혹은 신선하거나, 이해하기 어렵거나, 덜컥 겁이 나거나, 삿대질을 하거나, 더럽거나, 보기 민망하거나, 보기에 흉하거나, 도무지 종잡을 수 없이 난잡한 신세계가 바로 코앞에서 뒤엉켜서 걸음을 옮겨놓으려 해도 쉽게 오금이 떨어지지 않았다. 올빼미와 여우처럼 확연하게 구별할 수 없는 혼돈의 세상사가 준호에게는 아무래도 낮설었다.

장마당에 당도한 박호창 씨는 도착하자마자 마대의 고추를 손쉽게 흥정해서 팔아넘겼다. 그러고는 준호를 잡아끌고 떡 전으로 갔다. 콩과 팥이 꾹꾹 박힌 무거리 떡을 한 뭉치 안겨준 다음, 고무신을 진열해둔 가게로 데리고 가서 준호의 발에 딱 들어맞는 고무신 한 켤레를 사 신겼다. 그리고 마을에서부터 신고 왔던 뒤축 떨어진 신발을 그 자리에서 멀리 내던져 버렸다. 양순네 같았으면 버리지 않고 천 쪼가리를 덧대어서 꿰매어 신었을 고무신을 박호창 씨는 미련 없이 멀리 내던져 버린 것이다.

준호는 파리 떼가 날고 있는 돼지고기 좌판 주위로 걸음을 옮겨놓으려다 기겁을 하고 발을 헛디디며 물러나고 말았다. 털북숭이 얼굴에 대낮부터 취기가 도도한 육고간 주인이 날 시퍼런 식칼을 허공으로 높이 쳐들어 도마 위를 내려치고 있었고, 그때를 같이하여 검은 털이 붙어 있는 돼지 뒷다리가 단숨에 두 동강이 나면서

19

허공으로 뛰어 오르고 있었기 때문이다. 육고간 뒤로 이어진 골목 안에서는 못 먹어서 갈비뼈가 드러날 만치 깡마른 데다 눈이 시뻘겋게 충혈된 개 한 마리가 올가미를 쓴 채 어디론가 질질 끌려가고 있는 광경이 바라보였다. 얼굴을 가로지르는 칼자국이 선명한 늙은이가 윗도리를 걷어붙인 채, 끌려가지 않으려고 버티는 개에게 막무가내로 몽둥이질을 하고 있었다. 그럴 때마다 개는 목을 길게 빼고 하늘을 우러러보며 듣기에 소름 끼치는 비명을 내질렀다. 침이 흐르는 혀는 입 밖으로 길게 빠져 있었고, 눈은 더욱더 심하게 충혈되어갔다.

"이런 놈을 보았나. 버틴다고 될성불러? 내가 너 같은 똥개 한 마리 숨통을 단박에 끊어놓지 못할 것 같아!"

몇몇 장꾼이 가던 걸음을 멈추고 개와 늙은이가 벌이는 실랑이를 흥미진진하게 구경하고 있었다. 그러나 준호는 냉큼 그 골목길에서 돌아서고 말았다. 지난여름 일이었다. 집 근처 감자밭을 뒤지던 멧돼지와 맞붙어 뒹굴다가 턱 아래 살점이 뜯겨 나가 오랫동안 고생한 끝에 목숨을 부지하고 살아난 누렁이가 생각났기 때문이다. 그런데 준호의 걸음은 어느덧 아버지가 신발을 사주었던 고무신 가게 앞에 와 있었다. 자신의 발걸음이 장마당 여기저기를 구경하고 다녔는데도 그 신발 가게에서 별로 멀지 않은 곳을 빙빙 돌고 있었다는 것을 깨달았다. 장마당 가에 자리 잡은 선술집에서는 아낙네의 자지러지는 악다구니 소리가 들려왔다. 그런가 하면 연달아 사내들의 너털웃음 소리도 들렸다. 그런 북새통을 구경하고 싶은 생각도 있었지만, 준호의 발길은 신발 가게 근처를 크게 벗어난 적이 없었다.

신발 가게 근처의 곡식을 파는 곳에서는 쌀과 기장과 옥수수가 보이는가 하면, 강낭콩과 대추, 마른 고초, 담배, 들깨를 가지고 나온 장꾼들이 북새통을 이루고 있었다. 조그만 좌판을 앞에 놓고 볼록렌즈로 된, 돋보기 안경을 한쪽 눈에 낀 채 낡고 때 묻은 손목시계를 고쳐주는 대머리 사내는 좌판 앞으로 숱한 사람이 지나다녀도 눈길 한번 주지 않고 일에만 몰두하고 있었다. 그밖에 산속에서 캔 약초 파는 사람, 한지 파는 늙은이, 목발에 상반신을 의지한 채 고무줄을 팔고 있는 장애인, 입

21

에서 시큼한 술 냄새를 풍기는 소금 장수, 조그만 채반에 빗을 널어놓고 손님을 기다리는 빗 장수 등이 있었다. 고무신을 땜질하는 신기료장수 앞에는 종다래끼를 앞에 놓은 노파가 앉아 있었다. 종다래끼 주둥이 밖으로 방금 젖을 뗀 것 같은 강아지 두 마리가 앙증스러운 콧등을 빠끔하게 내밀고 세상 구경을 하고 있었다.

울고 웃고, 트집 잡고 변명하고, 울화통을 터트리고, 곧잘 따귀를 칠 듯이 화를 내다가도 또 금방 웃는 사람도 있었다. 돋보기나 안경테를 고치면서 얼굴에 난 잡티나 점도 빼주는 사람 앞에는 네댓을 헤아리는 산골 처녀들이 눈을 감은 채 뾰족한 턱을 들이대고 둘러앉아 있었다. 그 옆으로 갓 쓴 노인네가 무료하게 앉아 있었고, 또 그 곁으로는 탕건이나 갓을 고쳐주는 대머리 노인네가 앉아 있었다. 김칫독을 땜질하면서 아픈 어금니도 냉큼 빼주는 사람은 눈 가장자리에 진물이 묻어있었는데, 그래서 울지 않을 때도 우는 것처럼 줄곧 눈물을 닦아내고 있었다. 염색약 파는 사람, 분 파는 사람, 삿갓 파는 사람, 소쿠리나 함지박을 파는 사람도 있었다.

　달랑 늙은 호박 한 개를 머리에 이고 허리를 곧추세운 채 빠른 걸음으로 장마당을 휘젓고 가는 젊은 아낙네와, 젖먹이를 포대에 싸서 업고 광주리를 머리에 인 채 한 손에는 커다란 보퉁이를 들고 간신히 걸음을 떼어놓는 아낙네의 얼굴엔 가난에 찌든 부황기가 있었다. 업힌 아이는 엄마가 걸음을 떼어놓을 때마다 포대 밖으로 드러난 머리가 앞뒤로 맹렬하게 흔들렸지만, 잠에서 깨어나지 않았다. 김장독을 머리에 이고 한 손으로 이마에 떨어지는 따가운 햇살을 가린 채 시끄럽고 복잡한 장마당 인파 속을 요리조리 잘도 빠져나가는 아낙네, 엿목판을 어깨에 걸고 가위질하며 땀을 뻘뻘 흘리면서 장타령을 중얼거리며 걸어가는 곰배팔이도 있었다. 중절모 위에 맥고모자를 덧씌워 쓴 사람은 술주정뱅이처럼 얼굴에 취기가 도도했다. 무와 배추를 바지게에 잔뜩 싣고 힘에 겨워 비틀거리며 장마당을 빠져나가는 사람, 윷놀이에 열을 올리고 있는 사람들, 닭싸움을 시키고 있는 사람들, 뒷간 곁에 멍석을 펴고 국숫집을 열어

장사하는 아낙네도 있었다. 그 곁에 반짝거리는 눈으로 쉴 새 없이 주위를 곁눈질하고 있는 야바위꾼이 있었다. 야바위꾼의 좌판 앞에 쭈그리고 앉은 젊은 사내는 빈 마대를 겨드랑이에 낀 채 낭패한 얼굴로 연거푸 담배를 피워댔다. 그의 아내로 보이는 남루한 행색의 아낙네가 안색이 새파랗게 질린 채로 사내의 소매를 잡아끌고 있었으나, 고추 판 돈 모두를 홀랑 털린 사내는 아내의 만류에도 일어설 엄두를 하지 않았다. 아낙네가 면박을 주었다.

"여보, 그만 일어서요. 어쩌려고 하염없이 앉아만 있소."

"기다려봐."

"무얼 기다려요. 하늘에서 잃어버린 돈 떨어지기를 기다려요?"

"이렇게 보채니까 재수가 없지……"

"그런 엉뚱한 소리 그만하고 어서 일어서요. 해 떨어지고 있소."

부부가 실랑이를 벌이는 동안 야바위꾼은 눈 깜짝할

사이에 냉큼 좌판을 거두어 그림자도 남기지 않고 자취를 감추어버렸다. 그 뒤로 탁발승이 목탁 소리를 내며 무심히 지나갔다. 그런 천태만상의 세상을 구경하고 있었으나 그때마다 준호는 신발 가게 주인에게서 시선을 떼지 않았다. 그 가게 말고도 신발 가게는 여럿 있었다. 그러나 준호가 신발을 샀던 그 난전에는 어림해서 어머니 발에 딱 들어맞을 것 같은 신발이 여러 켤레 진열되어 있었다. 그것이 장터 구경을 하다 말고 준호로 하여금 다시 신발 가게 쪽으로 걸음을 옮겨놓게 만드는 까닭이었다.

해 질 녘이 되자 멀리 물러나 있던 산그늘이 장마당 한쪽으로 슬금슬금 내려오기 시작했다. 하루 종일 신발 가게에 드리웠던 따가운 햇살도 산그늘과 함께 떡 전 뒤쪽으로 한참 물러났다. 준호는 그제야 신발 가게 곁을 떠나지 않고 노리고 있던 기회가 찾아왔다는 것을 깨달았다.

돋보기안경을 쓰고 있었기 때문에 얼굴이 희미하게만 바라보이던 신발 가게 주인이 앉은 채로 꾸벅꾸벅

졸기 시작했기 때문이다. 준호는 끼니때마다 부엌 아궁이 앞에 앉아 무지렁이 숟갈로 솥의 누룽지를 긁어내어 허기진 배를 채우던 어머니의 모습을 떠올렸다. 그런가 하면, 깊은 밤 희미한 등잔 밑에서 해어진 신발을 실로 꿰매다 말고 자지 않고 있는 준호와 눈을 마주치면 쓸쓸히 웃던 어머니의 수척한 얼굴을 떠올렸다. 그 순간이었다. 신발 가게 주인이 끝내 눈시울을 덮치는 졸음을 이겨내지 못하고 제풀에 겨워 옆으로 픽 쓰러지고 말았다. 준호 외에 아무도 그 광경을 눈치챈 사람은 없었다. 준호는 그때를 놓치지 않고 고무신 전 모퉁이로 살금살금 걸어갔다. 그리고 처음부터 눈독을 들이고 있던 어머니의 고무신 한 켤레를 잽싸게 잡아채어 장마당 뒤쪽으로 냅다 뛰었다.

놀라서 벌떡 일어난 가게 주인이 냉큼 몸을 일으켜 뒤따라오며 뒷덜미를 잡아채는가 싶었다. 그럴수록 준호는 더욱 걸음아 날 살려라 하고 대변소라는 표지가 걸린 뒷간 옆길로 난 골목길을 따라 뛰었다. 걸음아 날 살려라 하고 뛰긴 하는데, 가위눌린 꿈속처럼 길이 불어나지 않았다. 숨이 차고 곧장 따라잡힐 것 같았지만, 준호는 손에 쥔 어머니의 신발을 놓치지 않았다. 숨이 턱에 닿아 더는 뛰지 못할 때쯤 힐끗 뒤를 돌아다보았다.

그런데 이게 웬일일까. 자신의 뒷덜미를 낚아챌 것 같이 거리를 좁히며 뒤따라오던 신발 가게 주인의 모습이 온데간데없이 보이지 않았다. 착각인가 싶어 다시 뒤돌아보았으나 역시 보이지 않았다. 준호는 걸음을 멈추었다. 그의 손에는 처음 아버지가 사준 신발과 방금 가게에서 몰래 낚아챈 신발 한 켤레가 들려 있었다. 그 때서야 준호는 뭔가 잘못되었다는 것을 깨달았다. 처음 생각엔 어머니의 신발을 가져온 그 자리에 아버지가 사준 자신의 신발을 대신 놓고 오려고 했었다. 그러나 경황 중에 바꿔치기한다는 것을 까먹었던 것이다. 그러나 다시 신발 가게로 되돌아갈 수는 없었다. 그랬다간 곱다시 잡히고 말 것이었다. 어디 그뿐인가. 자신의 곁에 꼭 붙어 있으라고 신신당부했던 아버지의 모습이 보이지 않았다. 준호는 가슴속에서 쿵 소리가 나도록 놀랐다. 어떻게 하다가 아버지의 손을 놓친 것인지 그것조차 생각나지 않았다. 언제부턴가 준호의 시선은 아버지의 행방을 좇기는커녕 그 신발 가게에만 꽂혀 있었기 때문이다.

아버지를 찾아 이리저리 헤매고 다닐 수도 없고, 그렇다고 해서 졸고 있던 가게 주인에게 되돌아갈 수도 없는 처지였다. 그래도 어떤 방법이 있을 것 같아 몸을 낮추고 돌담 아래를 따라 살금살금 신발 가게 쪽으로 기어갔다. 그런데 전혀 예상할 수 없던 광경이 준호의 눈앞에 펼쳐졌다. 이젠 신발을 돌려줄 수도 없게 되었다는 낭패가 가슴 한복판을 아프게 내려쳤다. 한바탕 회오리바람이 불어 장마당의 먼지를 쓸어간 것처럼 신발 가게가 없어진 것이다. 준호가 골목길로 걸음아 날 살려라 하고 냅다 뛰었던 그 순간부터 지금에 이르기까지 얼마간의 시간이 흘렀는지 모르겠지만 그 잠깐 동안에 신발 가게 주인은 난전을 거두어버렸다. 흡사 준호가 다시 되돌아올 수 없도록 조처했는지도 모른다는 의심이 들 만큼. 전신을 뒤틀어 잡고 흔들던 긴장감이 스르르 풀리면서 준호는 그 자리에 주저앉고 말았다. 신발 가게 있던 자리가 멀리로 바라보이는 지점에서였다. 뭔지는 모르겠지만 후회가 가슴을 후벼 파고들면서 자신도 모르는 사이에 두 볼 위로 눈물이 흘러내렸다.

해는 벌써 서쪽 산 능선 너머로 사라져 하늘은 회색 빛을 띠기 시작했다. 그토록 시끄럽고 요란하던 장마당은 내려온 산그늘에 묻혀버리고, 사방으로 저녁 거미가 내려앉기 시작했다. 곡식을 거래하던 장옥 부근으로는 참새 떼가 내려앉아 땅에 떨어진 곡식을 쪼고 있었다. 신발 가게는 물론이고, 아버지의 모습도 보이지 않았다. 준호의 눈에서는 또다시 닭똥같이 멍울진 눈물이 뚝뚝 떨어졌다. 아버지를 놓쳐버렸다는 낭패가 가슴속을 후벼 파는 듯 아팠기 때문이다. 준호는 장마당 북쪽 느티나무 아래에 있는 대장간으로 걸어갔다. 아버지가 쇠스랑을 사고 날이 무디어진 낫을 벼르겠다는 말을 했었기 때문이다. 대장간은 한산했다. 땀에 전 옷차림에 턱수염이 더부룩한 대장장이 노인은 하던 설거지를 멈추고 허리를 곧추세우며 먼저 물었다.

"울고 있는 꼴을 보자니 너 누굴 놓쳤구나……"

속내를 꿰뚫어 보는 듯한 대장장이의 말에 준호는 용기를 얻어 말했다.

"예."

"누굴 찾는데?"

"아부지요."

"아부지를 찾는다? 아부지 이름이 뉘시냐?"

"몰라요."

"지 아부지 이름도 모르면서 아부지를 찾는다? 그 녀석 맹랑한 놈이군. 대장간에는 숱한 사람이 드나들지만, 이름 없는 사람은 본 적 없다. 이름을 알아야 사람을 찾지."

"……"

"너 어느 동네 사느냐?"

"두들 마을요."

"두들 마을이라면 늦게 잡아도 읍내에서 차로 오십 리는 떨어진 마을인데?"

　대장장이는 다시 돌아서고 말았다. 준호가 찾아갔던 대장간은 오전에 아버지를 따라서 한번 가보았던 장소였다. 그때는 노인이 아닌 건장한 체격의 사내가 윗도리를 홀딱 벗어부치고 발갛게 달군 쇠를 커다란 망치로 매질하고 있었다. 사내의 이마에 멍울진 땀이 흘러내렸다. 풀무질하던 준호 또래의 소년은 화덕에서 내뿜는 열기 때문에 얼굴이 수수떡처럼 붉게 익어 있었다. 그 모든 광경이 그림을 보듯 선명하게 기억났지만, 아버지의 이름은 전혀 생각나지 않았다. 그런 낭패 때문에 다시 눈물이 쏟아졌다. 준호를 상대하던 대장장이는 곰방대에 살담배를 꾹꾹 다져 넣고 부싯돌을 쳐서 불을 붙였다.

저녁 이내가 희미하게 걸려 있는 비봉산 허리가 서서히 어둠 속에 갇히고, 곡식 전에 내려앉아 떨어진 곡식을 쪼던 새 떼도 깃을 찾아 자취를 감추어버렸다. 장마당은 바닷속처럼 적막하게 가라앉았다. 골목 안쪽에 자리 잡은 선술집에서 희미한 불빛이 새어 나오고 멀리서 개 짖는 소리가 들려왔다. 잠깐이었으나 그 개가 누렁이였으면 좋겠다는 생각을 했다. 누렁이 이름은 생각나는데, 어째서 아버지 이름은 생각나지 않는 것일까. 그런데 곰곰이 생각해보면 아버지 이름을 한 번도 불러본 적이 없었다. 준호의 등줄기에는 난생처음으로 식은땀이 흐르기 시작했다. 해가 지고 난 후부터 옷소매 사이로 섬뜩한 한기가 스며들었다. 어둠 속으로 간혹 모습을 드러내는 사람들도 있었다. 그러나 다가가면 눈 깜짝할 사이에 멀리 사라지고 말거나 설령 마주쳐도 낯선 사람일 뿐이었다. 이젠 대장장이처럼 말을 걸어볼 사람조차 없었다.

달이 보이지 않는 밤하늘에 별빛이 총총했다. 추위는 더욱 차갑게 옷깃 속으로 기어들어 온몸이 오싹했다. 한동안은 가만히 걸음을 멈추고 두들 마을이 여기서 얼마쯤인가 하고 가늠해보았다. 그러나 아침나절에 장마당에 당도해서 동서남북을 돌아다니는 동안 방향 감각따위는 진작 잃어버렸다는 것을 깨달았다. 한길까지 따라 나와 화물트럭이 시야에서 사라질 때까지 그 자리에서 꿈쩍도 않던 어머니와 누렁이의 모습이 선명하게 떠올랐다.

준호는 이제 밤빛이 기어들기 시작하는 장마당 여기

저기를 무작정 헤매기 시작했다. 그러면서 마음속으로
는 몇 번이나 태연해야 한다고 스스로 달래고 다짐했
다. 그러나 다짐할수록 까닭 모를 조바심은 더욱 가슴
속을 옥죄고 들어 온몸이 겨울에 사시나무 떨듯 하였
다. 가슴속이 너무나 뒤숭숭해서 나중엔 자신이 어디
로 가고 있는 것인지 아니면 그 자리에 멈추어 있는 것
인지 그런 감각조차 느끼지 못했다. 그처럼 기진맥진
이었다.

바로 그때였다. 느닷없이 준호의 등을 툭 치는 사람
이 있었다. 숨이 턱에 걸릴 정도로 화들짝 놀라 말문이
막혀버린 준호에게 그 사람이 물었다.

"너 준호 아니냐?"

순간적으로 귀에 익은 목소리라는 것을 깨달았다. 획
돌아보는 순간 준호는 자신도 모르게 그의 옷소매를 잡
고 늘어지며 와락 울음을 터트렸다. 캄캄한 장마당 한
가운데서 고무신 두 켤레를 가슴에 꼭 껴안고 망연자실
서 있는 준호를 발견한 사람은 박호창 씨와 형님 아우
님 하는 뒷집의 삼복이 아저씨였다. 정성이 지극하면 돌

위에서도 꽃이 피더라고 지성껏 아버지 행방을 찾아 헤맨 보람이 있어 삼복이 아저씨와 마주쳤던 것이다. 흐느끼는 준호를 가만히 끌어안으며 이웃사촌이 물었다.

"네가 어째서 장마당 한가운데 서서 울고 있노?"

"……"

"왜 울고 있는지 대답해야지."

"아부지……"

"네가 아빠를 잃어버렸나?"

"예."

"난생처음 세상 구경 나와서 겁먹었구나. 그렇다고 사내 녀석이 주눅 들면 쓰나. 동네서 출발할 적에 두 눈 똑바로 뜨고 다니라고 내가 신신당부한 걸 너도 들었지? 장마당이란 게 객지 놈들이 많이 들락거려서 눈 뜨고 있어도 코 베어 가는 세상이라고. 아빠 손을 꼭 잡고 다니라는 말도 했었고……"

그러나 딸꾹질 반, 울음 반 섞인 말투로 아버지 손을 진작 놓쳐버렸다는 준호의 넋두리에도 이웃사촌은 대수롭지 않다는 듯 말했다.

"이 녀석, 너네 아빠 안 죽었으니까 질질 짜지 마라. 사내대장부가 장마당에 혼자 서서 우는 게 아니다. 창피하지도 않나? 울음소리 뚝…… 뚝."

허리에 경련이 일어나고 딸꾹질이 멈추지 않을 정도로 울었던 준호를 다시 끌어안고 달래며 삼복이 아저씨가 말했다.

"네가 아빠 속내를 몰라서 울고만 있는 게다. 네가 세상 구경을 차근차근하라고 일부러 네 손목을 놓아준 거야. 지금은 아마 널 멀찌감치 지켜보면서 선술집에서 술잔을 기울이고 있겠지…… 그런데 너도 알다시피 너네 아빠 오랜만에 장마당에 와서 지난 농사일에 응어리진 회포를 풀고 있는 게 분명하다. 친구들과 늦게까지 어울리다가 새벽이 되어서야 황장재를 넘기로 한 것은 너네 엄마도 알고 있고, 동네 사람 모두가 알고 있는 일이야. 항상 그래 왔거든. 너도 알다시피 너네 아빠 키는 작지만, 배짱 하나는 두둑한 사람이다. 밤길을 혼자 걷다가 개호주를 만나도 눈도 깜짝 않는 게 너네 아빠 배짱이야."

"아부지한테 가고 싶어요."

"너네 아빠 걱정은 하지 마라. 당장 찾아보고 싶지만, 수소문한답시고 여기저기 들쑤시고 다니면서 늑장 부리다간 끝내는 이렇게 넓은 장마당에서 아빠 행방도 못 찾고 우리 동네로 가는 마지막 트럭도 놓치게 생겼다. 너도 알고 있지? 아침에 타고 왔던 그 화물트럭이 다시 돌아가거든. 저 차를 놓치면 장마당에서 곱다시 한뎃잠을 자야 하는 거다. 네가 집에 가서 자다 보면 너네 아빠는 새벽길 걸어서 집에 당도해 곁에서 쿨쿨 자고 있을 게다. 언제나 그랬지 않으냐. 지금 네가 돌아오기를 한길까지 나와서 목이 빠지게 기다리고 있을 엄마는 생각해봤냐?"

준호를 움직이게 한 결정적인 계기는 엄마가 한길까지 나와서 기다리고 있다는 이웃사촌 삼복이 아저씨의 한마디였다. 준호는 냉큼 그이 손을 꼭 잡았다. 준호를 설득하는 데 성공한 이웃사촌은 지금 막 출발하려고 시동을 걸어둔 화물트럭 적재함에 준호를 냉큼 들어 올려 태우면서 말했다.

"내가 운전기사한테 널 두들 마을에 내려주라고 아주 딱 부러지게 당부해두었다. 운임도 먼저 지불했으니까 걱정 말거라. 네 엄마가 한길까지 마중 나와 있을 게야. 나는 술에 취해 있을 네 아빠를 찾아내 길동무해서 뒤따라갈 거다. 새벽이면 달도 뜰 것이고 길도 밝을 것이니, 두 사람이 걷는 데 별지장 없을 것이야…… 이 녀석, 그 와중에도 고무신 두 켤레는 신주 모시듯 알뜰히 모시고 있구나."

낯익은 트럭의 적재함에는 크기나 모양은 물론이고 색깔조차 갖가지인 짐짝이 잔뜩 실려 있었다. 높다랗게 과적된 짐짝들 위에는 벌써 대여섯 명의 남정네들이 올라타 있었다. 적재함에 실린 짐짝들의 임자이거나 황장재를 넘어 다음 장마당으로 떠나는 장사꾼들이었다. 그 중 한 사람이 맨 나중에 올라탄 준호의 옷소매를 끌어당기며 물었다.

"너 아침에 두들 마을에서 왔던 아이 아니냐."

자기를 알아보는 사람이 있다는 것에 놀라면서도 두려운 가슴이 진정되었다. 그래서 준호는 고개를 끄덕였다.

"너 아버지는 어디다 팔아먹고 혼자냐?"

"아부지는 나중에 올 거예요."

"저쪽 짐짝 사이에 들어가서 꼼짝 말고 꼬부리고 앉아 있거라. 차가 고갯길에서 심하게 흔들리면 아래로 떨어져서 비명횡사하기 십상이니까……"

예정했던 출발 시각이 이런저런 사정으로 적지 않게 지체되었던 과적 트럭이 드디어 장마당을 출발했다. 역시 고물이었기 때문에 출발부터 카멜레온처럼 앞뒤로 주춤거리는 것을 반복하며 실랑이를 벌였다. 앞쪽으로 한 발짝 전진하자면, 뒤쪽으로 몇 발짝 흔들리다가 가까스로 자동차라는 이름을 되찾아 돌멩이가 쭈뼛쭈뼛 솟아 있는 비포장도로를 몸을 비틀어 덜컹거리며, 으르렁거리며, 엉금엉금 기어갔다.

느릿느릿한 트럭보다 먼저 달려가는 시간은 벌써 자정을 향해 치닫고 있었다. 달이 보이지 않는 사위는 깊은 바닷속처럼 어둡고 적막했다. 그런 적막함이 무언가 큰 사고라도 일어날 것만 같은 불안감을 안겨주었다.

태풍이 불어닥치기 전 바다는 언제나 이처럼 적막했다. 트럭의 전조등 불빛은 겨우 몇 발짝 앞길만 희미하게 비출 정도로 밝기가 낮아 괴기스러웠고, 산코숭이를 휘그르르 돌 때마다 꺼질 듯 켜질 듯 위태롭게 번뜩였다. 적재함을 후려치고 지나가는 에일 듯한 밤바람이 콧등을 때려 따갑고 시렸다. 준호는 더욱더 몸을 움츠려 짐짝 속으로 기어들었다. 언제나 준호를 안아주던 어머니 품이 그리웠다. 거칠 것 없이 몰아치는 바람에 바들바들 떨고 있긴 어른들도 마찬가지였다.

산기슭에 기대어 있었으나 추녀 한쪽 끝이 땅에 질질 끌릴 듯한 주막집이 바라보이는 황장재 아랫녘에 당도한 트럭은 일단 멈추어 섰다. 운전석 도어가 삐걱거리며 열리더니 허리가 꾸부정하고 지저분한 턱수염에 낡은 베레모를 쓴 운전기사가 어둠 속으로 모습을 드러냈다. 트럭은 두번째로 만났으나 운전기사는 처음 대면하는 셈이었다.

도로 위로 내려선 그는 적재함에 올라탄 승객들에게 눈길 한번 주지 않았다. 두들 마을 초입에 준호를 내려주라는 삼복이 아저씨의 당부를 잊지 않았다면, 준호가 무사한지 궁금할 게 분명할 것인데도 그런 기색조차 보이지 않았다. 운전기사는 사타구니에 솔방울 끼워 넣은 사람처럼 뒤뚱뒤뚱 길섶 쪽으로 걸어갔다. 그러더니 계곡 쪽을 향하여 오줌 줄기를 내뿜었다. 계곡 아래를 향하여 긴 포물선을 그으며 떨어지는 오줌 줄기를 따라 갈대꽃 같은 뽀얀 김이 연기처럼 피어오르며 밤바람에 흔들거렸다. 오줌 줄기는 캄캄한 밤중인데도 별빛을 받아 유난히 하얗게 빛났다. 운전기사의 엉덩이에서 방귀 새는 소리가 적재함까지 들릴 정도로 유난히 컸다.

담배를 빼 문 운전기사가 그제야 생각난 듯 적재함 쪽으로 다가오며 눈어림으로 승객들의 수효를 세어본 다음, 고물 타이어를 한두 번씩 발로 차서 공기압을 확인했다. 아마도 앞에 둔 고갯길을 무사히 넘을 수 있을 것인지 가늠해보는 눈치였다. 그가 다시 운전석에 올라탔다. 운전석 옆자리 조수석에는 횟가루를 뒤집어쓴 것처럼 얼굴에 하얗게 분칠을 한 젊은 아낙네가 앉아 있었다. 그 여자에게 다가가면 언제나 역한 냄새가 풍

졌는데, 그녀에게 무슨 냄새냐고 물어보면, 대뜸 성깔을 내며 향수 냄새라고 쏘아붙이곤 하였다.

그녀는 지금 적재함에 탑승한 떠돌이 야바위꾼의 아내였다. 그 사실도 운전기사만 알고 있었다. 그렇지만 어찌 된 셈인지 그 사실을 굳이 공표하지 않았기 때문에 그녀가 야바위꾼의 아내라는 걸 알고 있는 사람은 드물었다.

트럭은 드디어 가파르기로 소문난 황장재의 치받이 길을 악쓰는 아이들처럼 격양된 목소리를 토해내며 오르기 시작했다. 액셀을 밟아도 낡은 엔진 때문에 가속이 붙지 않았고 전조등까지 희미했기 때문에 전혀 속도를 낼 수 없었다. 쇳조각끼리 서로 부딪치는 소리, 서로 어긋나며 비벼대는 소리, 힘이 모자랄 적마다 목쉰 엔진에서 껄떡거리며 토해내는 한숨 소리, 바퀴에 짓눌렸던 돌이 허공으로 튀는 소리가 끊이지 않았다. 가파르고 비좁은 커브 길을 돌 때마다 차가 모잽이로 쓰러질 듯 기우뚱하고 쏠렸다가 다시 복원되길 반복했다. 요동치는 차체의 위태로운 전진에 전신을 맡기고 있던 승객들은 불안에 떨었다. 좁고 어두운 길 주변으로는 괴기스럽게 자란 소나무와 길길이 자란 상수리나무와 키가 멀쑥하게 큰 아까시나무, 그리고 참나무가 빽빽하게 들어차 코앞에 개호주가 엎드려 있다 해도 알아차릴 수 없을 지경이었다.

적재함에는 차가운 바람이 회오리쳐서 오싹오싹 한기가 몰아치는데도 바람이 불어오는 방향과 등을 지고 앉아 지폐를 헤아리는 사람이 있었다. 생선 장수였다. 그 곁에는 생선 장수와 동업자도 아니면서 지폐가 손가락 사이에서 한 장 두 장 넘어갈 때마다 놓치지 않고 끄덕끄덕 고개를 주억거리는 사람이 있었다. 그는 장터 남쪽 햇볕이 잘 드는 길모퉁이에 앉아 오는 사람 가는 사람을 손짓으로 불러 입을 벌려보라 하고 충치이거나 성한 이빨이거나 가리지 않고 막무가내로 뽑아주고 돈을 챙기는 돌팔이 발치사拔齒師였다. 소싯적부터 지폐를 헤아리는 사람 곁에만 단골로 따라다닌 사람처럼 고개를 주억거리는 태도가 물 흐르듯 자연스러웠다. 나이는 끽해보았자 서른한두 살을 넘긴 것 같지 않은데 벌써 돌팔이로 연명하고 있는 셈이었다. 생선 장수는 그런 돌팔이의 행동이 못마땅했지만, 면박은 주지 못하고 그가 고개를 주억거릴 때마다 못마땅한 심사를 눈시울에 꿰고 흘겨보곤 하였다. 그러다 말고 얼른 지폐를 접어 윗도리 안주머니 속에 집어넣었다. 그들 두 사람을 물끄러미 바라보고 있던 신발 장수가 물었다.

"형씨는 내일 어느 장을 보려오?"

"나요?"

"그럼 여기 형씨 말고 누가 또 있소?"

"난 내일 바닷가에 있는 어판장으로 갑니다."

"이 고물딱지 트럭이 어판장까지 탈 없이 당도할지 모르겠소."

"그나마 걷기보다는 빠르지 않겠소. 형씨는 신발 장사를 하고 있는가 본데?"

"명색이 추석 앞둔 대목장인데 여기저기 외상만 깔아놓고 왔소이다. 그뿐만 아니오. 파장 무렵에는 졸고 있는 사이에 신발 다섯 켤레를 어떤 놈에게 도둑맞고 말았으니 오늘은 헛장사를 한 셈이오."

"한 켤레도 아니고 다섯 켤레나?"

"아주 날도둑놈이었어요. 나 참, 망조가 들려니……
가게가 아주 거덜 났소이다."

"도둑맞고 외상 깔긴 나도 마찬가지요. 하찮은 고등
어 한 손도 외상으로 가져가니, 이문이란 게 빛 좋은 개
살구랍니다."

"그렇지 않아 보이던데? 외상만 깔고 다닌다는 양반
이 아까 차에 오를 때 보니까 주머니가 두둑하던데 뭘,
엉뚱한 소릴 하시오."

"할 일 없으면 먼 산이나 바라보시오. 남의 주머니나
살피지 말고."

"살피는 게 아니라, 우연히 본 거지요."

"우연히 본 것하고 자세히 살펴본 것하고는 사정이
다르지요."

"허…… 그만둡시다. 아무것도 아닌 일로 시비 붙겠
소."

"남의 돈주머니 사정에 신경 쓸 거 없지 않소."

면박당한 신발 장수가 콧방귀를 뀌며 돌아앉았다. 두

사람이 입씨름을 주고받는 사이에 트럭은 가까스로 음산한 안개 더미가 뭉클뭉클 솟아나는 고갯길 정상에 당도했다. 트럭은 그 자리에서 멈추어 섰다. 이제 고갯길 정상에 도착했으니 운전기사가 다시 보닛을 열어보고 엔진이 과열됐는지 냉각수 상태는 어떤지 점검하며 한숨을 돌린 다음 내리막길로 기세 좋게 달려갈 차례였다. 운전기사는 고갯길 아래에서 그랬던 것처럼 운전석에서 내려 시원하게 소변을 보거나 담배를 피울 것이었다. 그런데 한참을 기다려도 운전석에서는 아무런 기척이 없었다. 트럭이 멈추었다면 응당 삐걱거리던 운전석 도어가 열려야 하는데, 그렇지가 않았다. 한동안 쥐 죽은 것처럼 아무런 기척이 없었다. 뿐만 아니라, 시동조차 꺼버리고 정지한 채 꼼짝도 하지 않았다. 짙은 안개가 걷히기를 기다리는 것일까. 숲속에선 짐승들의 우는 소리도 들리지 않았고, 바람 소리나 새소리조차 멈추고 말았다. 별빛조차 구름에 가려 사위는 그야말로 적막강산 그 자체였다. 안개에 묻어오는 밤바람은 차갑지 않고 뜨거웠다.

그제야 적재함에 실린 일행이 웅크리고 있던 자세를 풀고 무슨 일인가 해서 까치발을 딛고 운전석 쪽으로 상반신을 들어 올렸다. 운전기사가 걱정되어서였다. 다리에 경련이 일어났을 수도, 조수석에 탄 여자와 시시덕거리는 데 정신이 팔렸을 수도 있었다. 운전석 위로 고개를 디밀어 올려 사정을 살피던 사람은 바람잡이 약장수였다. 그 순간 약장수가 자지러지며 목으로 이상한 소리를 냈다. 그러더니 진흙처럼 구겨져 그 자리에 폭삭 주저앉고 말았다. 그는 말문이 막혀서 턱짓으로 운전석을 가리키며 실성한 사람처럼 옹알이를 하였다.

자동차 한 대가 가까스로 비집고 지나갈 수 있을 뿐인 옹색한 도로 한가운데서는 그 차에 타고 있던 어느 누구도 상상할 수 없었던 일이 벌어졌다. 몸집이 코끼리만 한 호랑이 한 마리가 트럭을 정면으로 바라보며 앉아 있었기 때문이다.

사람들의 눈을 의심케 하는 그 호랑이는 일제 강점기 때 포수들을 동원하여 대대적인 맹수 사냥으로 멸종시키고 말았다던 조선 호랑이였다. 황장재에는 개호주라

불리는 삵이나 멧돼지나 오소리 따위가 자주 출몰한다
는 소문은 있었다. 그러나 호랑이가 살고 있다는 얘기
는 꿈에서조차 들어볼 수 없었던 일이다. 헛것이 보일
수도 있었다. 그러나 트럭에 타고 있는 사람 중에 준호
를 제외한 일행 모두의 눈에 한길 한가운데 버티고 앉
아 길을 터주지 않는 호랑이가 보였다. 그것도 집채만
하다고 해도 무리가 없을 정도의 대호大虎였다. 조선 호
랑이가 일제 강점기 이후 멸종되었든 아니든 이 순간만
은 그것이 별개의 문제였다.

"호랑이가 분명해."

모두가 한입에서 나온 듯 똑같은 말을 했기 때문에
호랑이란 사실은 의심의 여지가 없었다. 아니라고 손사
래를 치는 사람은 아무도 없었다.

"다시 한번 봅시다."

"다시 봐도 호랑이가 분명해."

그제야 트럭이 고갯마루에서 느닷없이 멈추어 서서
전진을 멈춘 까닭이 호랑이 때문이란 것을 깨달았다.
호랑이도 자기 앞에 지금 막 내리막길을 내려가야 할

트럭이 버티고 있다는 것을 충분히 알아채고 있는 듯했다. 호랑이가 그걸 모르고 버티고 있을 까닭이 없었다. 서로 마주 보며 대치한 지 한참이 지났지만, 호랑이는 트럭을 노려보며 처음 자세에서 조금의 흐트러짐도 없이 그려둔 것처럼 앉아 있었다. 누구의 입에선가 넋두리가 터져 나왔다.

"아니, 이게 꿈이야 생시야. 일본 놈들이 씨를 말렸다고 장담했던 조선 호랑이가 나타나다니. 세상이 거꾸로 가고 있다는 거 아냐."

"형씨, 목소리 낮추시오. 호랑이 놀라겠소."

그때였다. 그나마 반 정신이 남아 있던 운전기사가 용기를 내어 다시 시동을 걸고 액셀을 깊숙하게 밟아 붕붕 소리를 크게 내며 위협을 주었다. 그러나 호랑이는 자세를 흐트리기는커녕 눈 한번 깜짝하지 않았다. 조수석에 앉아 있던 여자는 호랑이를 발견한 그 순간부터 자지러지게 놀라 운전기사의 사타구니 속으로 기어들어가 목구멍에서 이상한 소리를 내며 오들오들 떨고 있었다. 그러나 운전기사가 시동을 걸자, 살아 있다는 흉내라도 내려는 듯 방울뱀처럼 입술을 파르르 떨며 면박을 주었다.

"저 짐승이 확 달려들면 어쩌려고 지각없이 난리를 피워요? 죽고 싶어 환장했어요?"

옳은 말이었다. 엔진 소리가 자신을 위협하려는 의도를 가졌다는 것을 눈치챘다면 호랑이는 분연히 일어나 운전석을 공격해서 박살을 낼 것이었다. 호랑이에게 그런 난장판을 벌이는 것쯤은 아무 일도 아니었다. 기가 질린 운전기사는 냉큼 시동을 끄고 전조등마저 꺼버렸다. 이 순간 경솔하게 굴다가 호랑이가 운전석이나 적재함으로 뛰어들 수 있다는 것을 깨달았기 때문이다. 맨몸으로 노출되어 있는 사람들의 목덜미를 물고 비틀어버린다면 트럭은 삽시간에 쑥밭이 될 것이었다. 사람의 목숨을 노리지 않는다면 호랑이가 트럭을 노려보며 앉아 있을 까닭이 없었다.

힘을 합쳐 소리를 질러 호랑이를 멀리 내쫓을 수도 있었다. 그러나 이 순간 힘을 합친다는 말 자체가 터무니없을 뿐만 아니라, 설령 힘을 모은다 할지라도 상상할 수 없을 정도의 날렵한 완력과 야생에서 터득한 포식자로서의 자질을 겸비한 호랑이를 상대한다는 건 호주머니 칼로 고목을 자르겠다고 나서는 만용에 불과했다.

적재함에 타고 있던 일행 중에 전혀 낯선 사람이 있었다. 그는 다른 일행처럼 장사꾼도 아니었고 장마당에서 집으로 돌아가는 장꾼도 아니었다. 일행 중에 유일하게 말쑥한 신사복 차림에 넥타이를 맨 사내였다. 그런데 그는 처음부터 적재함 한가운데 자리를 차지하고 거만하게 앉아 다른 일행들과는 수인사도 나누지 않았다. 화나면 걷잡을 수 없다는 듯 근엄한 얼굴을 한 채 잡담 속에 끼어든 적도 없었다. 나는 너희와는 어울릴 그런 사람이 아냐, 하는 것처럼 아주 초연한 얼굴로 앉아 있었다. 그런데 그가 드디어 입을 떼 귓속말로 아는 체를 하였다.

"저기 있는 짐승은 산에서 내려왔다 해서 산림호山林虎라고 부르기도 하고 출림호出林虎로 부르기도 하오. 출림호라면 예부터 귀신도 잡아먹는다는 백수의 우두머리가 아니겠소. 짐승 중에서 유일하게 사람이 죽고 사는 것을 주관하기 때문에 호랑이로 부르지 않고 산신령이라 부르는 게 옳습니다. 저승사자지요. 태어날 때부터 위엄과 호기를 지니고 있는 산신령은 그래서 군자의 모습을 갖추었소. 우리 사람의 눈에는 호랑이로 보이지만 본색은 그래서 산신령입니다. 치명적인 살상력을 가져서 귀신도 잡아먹는데 사람 잡아먹기야 식은 죽 먹기 아니겠소."

그가 잘난 체하고 하는 말을 모두 사막여우처럼 귀를 곤두세우고 들었다. 그러나 그를 탐탁잖게 여기던 생선장수가 비꼬는 투로 맞받아쳤다.

"댁은 뉘시더라?"

"내가 누군지 알 것 없소."

"형씨가 아는 체하고 있소만, 그래서 어쩌란 게요? 산신령이 우리를 살리겠다는 것이요, 죽이겠다는 것이오? 어째서 길을 가로막고 기다리기만 하는 게요? 그 까닭은 알고 있소?"

"그건 나도 모르겠소. 입 닫고 있는 저승사자의 속내를 내가 어찌 알겠소."

"우리 초인사나 나눕시다."

"당신이나 나나 열 길 낭떠러지 위에 서 있는 꼴인데, 이 차판에 하찮은 초인사가 무슨 소용이겠소."

"소용없다면서 중뿔나게 나서서 아는 체하는 것은 뭐요?"

"나도 답답해서 한마디 했소. 내가 한마디 거든 게 잘못되었소?"

그때 오들오들 오금이 붙어 떨고만 있던 바람잡이 약장수가 두 사람의 입씨름을 보다 못해 떨리는 목소리로 거들고 나섰다.

"솔직히 말하면, 출림호든 산신령이든 선생님의 말씀은 일리가 있어 보입니다. 산신령 앞에선 우리가 고깃덩어리에 불과하겠지요. 얘기를 나누다 보면 우리가 살아남을 수 있는 방도가 나올지도 모르니 그렇게 하는 것도 해롭지는 않겠지요. 선생님 말씀을 비틀지만 말고 귀여겨들어봅시다."

"선생님은 무슨 얼어 죽을 선생님이야."

"그렇게 빼죽거리지만 말고 말씀 들어봅시다. 날벼락

맞기 전에 모두가 살고 보자는 얘기 아니겠소."

바람잡이 약장수가 부추기는 말에 용기를 얻은 이름 모를 신사는 조금 전보다는 다소 자신 있는 목소리로 힘을 실어 말했다.

"우리가 죽고 사는 것은 지금 저렇게 앉아 있는 저승사자의 의중에 달려 있다오."

"그건 아까부터 모두 알고 있는 일이 아니겠소. 횡설수설하지 말고 딱 부러지게 살아날 방도가 뭔지 말해 보시오."

"형씨들에게 딱 한마디 더 물어봅시다. 저 산신령이 어째서 이토록 우릴 가로막고 있다고 보시오?"

"그야 언제 공격할지 기회만 엿보고 있다고 봐야지요."

"나도 그렇게 생각합니다. 그런데 저 산신령이 이 차에 타고 있는 일행 모두를 해코지할 생각일까요?"

"말이 통하지 않는 저승사자의 속내를 우리 같은 무식꾼들이 어떻게 알겠소."

"나는 짐작이 갑니다. 우리 모두를 겨냥하고 있는 게

아닙니다. 우리 중에 한 사람, 바로 그 사람이 스스로 차에서 내려와주기를 기다리고 있는 것입니다."

"혹시나 해서 하는 말인데요, 새벽닭이 울면 자연적으로 물러나지 않을까요?"

"인적 없는 고갯마루 위에서 닭 키우는 사람이 살고 있다는 얘기는 못 들었소."

"먼동이 트면 먼 데서 닭이 울겠지요."

"먼동이 트기 전에 적재함으로 뛰어올라 겨냥하던 사람의 목을 물고 산속으로 사라질 수도 있지요."

"그렇다면 선생님 말씀의 골자가 무엇이오?"

"기왕에 말이 났으니 곧이곧대로 말하리다…… 이 차에 타고 있는 우리 일행 중에 호식虎食(사람이 호랑이에게 잡아먹힘)당할 운세를 타고난 사람이 있다는 것이오."

"자주 듣던 말이긴 하오만, 그게 무슨 날벼락이오?"

"그런데 그 당사자가 여러분 중에 한 사람 아니겠소. 절대로 여러 사람을 해코지하려 들지는 않을 겁니다."

"말씀 듣자니, 선생님은 호식당할 당사자가 아니란 얘기 같은데요?"

넥타이 맨 신사가 머뭇머뭇하다가 들릴 듯 말 듯 말했다.

"글쎄요, 보시다시피 나는 여러분과는 좀 다른 계층이라 할 수 있지요."

"그건 또 무슨 말이오?"

"난 위원회 사람이오."

"무슨 위원회?"

"그것까지 알 건 없고."

"무슨 놈의 얼어 죽을 위원회야. 한배에 올랐다면 당신도 우리와 똑같은 운명이야. 그 말은 개가 들어도 웃겠네. 꼴같잖은 연설 집어치워."

"하층 인생이건 상층 인생이건 여기서 그걸 따지고 있을 처지들입니까? 지금 우리 목숨이 풍전등화란 말이오. 풍전등화란 무슨 말인지 알겠지요? 바람 앞에 촛불이란 뜻입니다. 내 제안에 찬성들 하든지 아니면 다른 좋은 궁리가 있으면 말씀들 해보시오. 지금 남의 말꼬리 잡고 늘어질 처지들입니까?"

넥타이가 얼버무리자 웅성거리던 좌중이 갑자기 조

용해졌다. 그의 말이 그럴듯했기 때문이다. 호식당할 팔자를 가지고 태어난 사람만이 호랑이 밥이 된다는 말은 어린 시절부터 들어온 말이었고, 실제로 호랑이에게 잡아먹힌 사람이 있다는 얘기도 들은 적이 있었다. 그 사실에 대해선 이제 의심의 여지가 없게 되었다. 그런데 이 트럭에 타고 있는 사람 중에 그 장본인이 도대체 누구일까. 그 사람만 가려내어 차에서 내려준 뒤 나머지 사람은 이 치명적인 수렁에서 벗어나 갈 길을 재촉해야 할 절박한 사정에 놓이게 되었다. 그런 경우 호랑이든 산신령이든 필경 길을 비켜줄 것이었다.

길고 긴 침묵이 흘러갔다. 밤은 더욱 깊어 사위는 바닷속같이 어두웠고 귓결을 스치는 안개 바람 속에는 여전히 뜨거운 기운이 서려 있었다. 사방 어디를 둘러보아도 캄캄한 어둠만 보일 뿐 그들에게 도움을 줄 어떤 것도 보이지 않았다. 기다리기 진력난 사람 중에 돌팔이 발치사가 말했다.

"진퇴양난이란 바로 이런 때를 두고 한 말일 텐데, 이 낭패를 어찌하면 좋을까……"

"기왕 운수 사납게 되었으니 우리의 운명을 운전기사에게 맡겨봅시다. 그 사람의 처분을 기다려봅시다."

"그런 소리 마오. 혼백이 나가서 아무 짓도 못 하고 있지 않습니까. 옆에 앉은 계집과 시시덕거리다가 이 꼴 난 것인지도 모르지요."

그 말에 지금까지 구린 입도 떼지 않고 엎드려 있던 떠돌이 야바위꾼이 전갈처럼 눈꼬리를 곤두세우며 발끈하였다.

"여보시오, 가만있는 남의 조강지처는 왜 들먹이시오? 내 마누라에게 무슨 억하심정이라도 있소?"

"그래요? 당신 마누라가 바로 저 여자인 줄은 몰랐소. 옷 입은 꼴이 하도 요란해서 장마당에 사는 술집 색시인가 했지요."

"이 자식이 뭐라고?"

"짐작이 그렇다는 얘긴데, 왜 그렇게 잡아먹을 듯이 노려보나? 망나니 같은 놈."

떠돌이 야바위꾼의 손바닥이 돌팔이 발치사의 따귀를 겨냥해 허공을 가르고 있는 때를 같이하여 넥타이가 허공에서 그 손목을 낚아채며 재빨리 말했다.

"여러분들, 내 말에 따르렵니까?"

그가 행동해주기를 목을 빼고 기다리고 있던 참이었다. 일행은 기다렸다는 듯이 이구동성으로 따르겠다고 동의했다.

"아까도 말했지만, 우리 중에 누가 호식당할 사람인지 그건 아무도 모릅니다. 그걸 알고 있는 상대는 지금 길 한복판에 버티고 있는 산신령뿐입니다. 그러니 그 당사자를 가려내는 방법을 저 산신령님께 일임할 수밖에 없어요. 당신들 중에 한 사람이라도 선택되면 이 차에서 내려서 산신령님의 심판을 기다려야 합니다. 그 길만이 남아 있는 모두가 살아남는 길입니다. 대를 위하여 소가 희생되는 것이지요. 아시겠습니까? 방법은 자기 윗도리를 벗어서 산신령님께 한번 던져보는 것이지요. 반드시 어떤 반응을 보일 것입니다. 내던진 옷을 낚아채서 마냥 물고 있든지, 아니면 멀리 던지든지, 두 가지 중에 한 가지 태도를 보일 것이지요. 모두 그렇게 하겠습니까? 내가 생각해낸 방법이 싫으면 싫다 좋으면 좋다고 하시오."

　일행 모두가 그의 제안에 따르겠다고 고개를 끄덕였다. 왜냐하면 모두 자기만은 호식당할 팔자가 아니라고 믿었기 때문이다. 그러나 먼저 윗도리를 벗어 던지는 건 서로 내키지 않았다. 내키지 않는 정도가 아니라 아예 그것만은 사양하려는 눈치였다. 넥타이가 채근하고 나섰다. 그 순간 바람잡이 약장수가 용기를 내어 야바위꾼을 지목했다. 약장수에겐 그가 만만하게 보였기 때문이다.

　"이 중에는 여름 내내 뙤약볕 아래에서 콩죽 같은 비지땀을 흘려가며 지은 곡식을 팔려고 장마당으로 나온 농사꾼을 야바위판으로 끌어들여 주머니를 터는 날도둑도 있습니다. 그 야바위판을 만든 사람을 먼저 앞장세우는 게 순서 아니겠소. 그런 날도둑이 먼저 저승사자의 심판을 받도록 해야지요."

　모두 입을 맞춘 듯 침묵을 지키고 있는 가운데, 날벼락을 맞은 당사자인 야바위꾼의 반격이 만만치 않았다. 그는 약장수에 대한 배신감에 치를 떨며 삿대질했다.

"허우대 멀쩡한 상판을 가지고 가짜 약이나 팔고 다니는 주제에 보는 눈이 있다고 함부로 지껄여? 내가 돈 주머니 들고 있는 사람 옆구리 낚아채서 주머니를 털었나? 모두 제 발로 걸어와서 내 좌판 앞에 앉았고 자기 손으로 좌판 돌리고 자기 손으로 찍었어. 너 그거 알아? 내가 날도둑이라고? 죽일 놈, 말이면 다야? 그렇다면 네놈이야말로 밀가루를 종이 봉지에 싸서 두통약이라고 팔아먹는 순 사기꾼 아니냐."

약장수가 소매를 걷어붙이며 입에 거품을 물고 대들었다.

"이놈아, 너 말 한번 잘했다. 밀가루를 가지고 특효약이라고 속이고 팔았다 치자. 그런데 내가 판 가짜 약 먹고 죽는 놈 봤어? 그랬다면 내가 진작 감옥으로 끌려갔겠지. 약장수 십 년에 경찰서 앞에 가본 적도 없는 날 보고 사기꾼이라고? 에이, 못된 놈. 네놈이야말로 가난한 농민들 주머니를 털어먹고 사는 놈 아니냐. 어디 너 혼자뿐이냐. 네 가족도 그 사기 친 돈으로 호의호식하고 있다는 것은 모두가 아는 일이야."

"남의 주머니 노리고 있는 것은 나뿐만이 아니오. 저쪽에 있는 생선 장수도 겉보기에는 멀쩡하게 선량한 사람 같지만, 눈속임으로 이익을 챙기는 건 마찬가지 아니겠소? 생선 장수 먼저 윗도리를 벗어 던진다면 나도 뒤따라 할 용의가 있소."

다른 일행과 비교해서 키꼴도 껑충해 보이고 콧등도 우뚝한 생선 장수는 입가에 자신만만한 미소를 지으며 침착하게 말했다.

"사람들이 나보고 이 장터 저 장터 끌고 다녀서 썩어 가는 고등어 꽁치를 팔고 있다고 험담하지만, 내게서 생선 사 간 사람이 먹고 식중독 걸리거나 배탈 나거나 먹던 생선 토했다는 얘기는 들어본 적이 없어. 생선이 썩어 배가 터졌다면, 배를 가르고 창자를 뺀 다음 구워 먹으면 배탈이 날 까닭이 없거든. 식중독이 걸리거나 배탈이 났다면 배를 따고 창자 꺼내지 않고 날로 먹었기 때문이야. 그러니 그런 말로 날 모함하지 마."

"아니, 형씨."

"이봐, 네 애비 같은 사람보고 형씨라니? 얼어 죽을

놈이 난생처음 호랑이를 보더니 혼백이 떠버렸나, 어째 갈피를 못 잡고 뒤똥거리냐?"

"우리 사이가 구면도 아닌데 댓바람에 욕은 왜 하시오?"

"내게 욕 듣기 싫거든 지금 당장 호랑이 앞에 나서든지, 그게 싫으면 언사를 똑바로 내뱉으란 말이야. 입은 가로 찢어져도 침을 바로 뱉으라는 옛말도 있어."

"여보시오, 시방 날 버릇 고치겠다고 벼르고 있는 거요?"

"그래, 네 말버릇 좀 고쳐주어야겠다. 배알이 뒤틀려?"

"미안합니다만, 당신이 팔고 있는 생선 먹고 꼭 목숨을 잃어야 죄가 되오? 눈이 썩은 생선에 물 좀 끼얹고 생물처럼 가장해서 폭리를 취하는 것도 나쁜 장사꾼 아니겠소."

"이 녀석이 정말 죽고 싶어서 환장했군. 이봐, 눈깔이 썩은 것은 네 녀석이지 내가 팔고 있는 생선이 아냐."

"아니면 말고요."

66

"진작 그 말이 나왔어야지. 가위가 질리니까 이제야 바른말이 튀어나오는군. 남의 등이나 쳐 먹고 공짜 인생을 살아가는 사람은 우리 일행 중에 따로 있어."

"그게 누군데요?"

"저기 앉아서 구린 입도 떼지 않고 있는 저 사람. 노름방을 전전하면서 돈 한 푼 들이지 않고 속임수로 남의 주머니를 터는 것을 업으로 삼는 타짜꾼이지."

"그런 사람이 이 차에 타고 있어요?"

"저 앞에 두 다리 사이에 얼굴 파묻고 우리 말에 끼어들지도 않는 저 사람이야."

일행의 시선이 일제히 그 사내에게 쏠렸다. 입성이 워낙 꾀죄죄한 데다가 키꼴도 잔망스러울 뿐만 아니라 일행이 서로 치고받는 입씨름과 욕설에 한 번도 끼어든 적이 없어서, 있는지 없는지 그 존재조차 깨닫지 못하고 있던 사람이었다. 일행이 놀란 시선으로 그를 지켜보기 시작한 것도 사막 한가운데서 봉황이 날아가는 모습을 발견한 것처럼 신선한 느낌을 받았기 때문이다. 생선 장수가 그를 지목하자 타짜꾼 역시 사타구니에 파묻고 있던 얼굴을 간신히 빼내 부스스 고개를 들고 흡사 처음인 것처럼 작은 눈으로 일행을 둘러보았다. 입씨름에 끼어들진 않았으나 겨끔내기로 주고받는 말과 욕설은 귀를 곤두세우고 죄다 듣고 있었다는 얘기였다. 그러나 그는 한동안 아무런 대꾸가 없었다. 그러더니 어느 순간 자리에서 벌떡 일어났다. 그 모습은 흡사 땅을 뚫고 솟구치는 불기둥처럼 기운차 보였다. 그 기세에 일행 모두가 움칠했다. 그가 일행을 향하여 거침없이 쏘아붙였다.

"당신네들이 작당하여 나를 저 호랑이 아가리에 집어넣을 작정이겠지? 당신들 호들갑 떨고 있는 속셈을 난 진작부터 알고 있었어. 그런데 내가 그렇게 호락호락하게 보여? 나를 비롯해서 당신들 모두가 순진한 백성들 사기 쳐서 먹고살기는 매한가지야. 잘난 체하고 변죽을 떨고 있는 넥타이 맨 저 사람도, 썩은 생선 팔고 있는 저 사람도, 멀쩡한 이빨을 썩었다고 거짓말하고 주머니 발기고 있는 돌팔이 발치사도, 북 치고 장구 치며 가짜 약 팔고 있는 약장수도, 원가보다 몇십 배를 불려 폭리를 취하는 신발 장수도, 억울한 백성들 주머니 발라서 배를 불리기는 다 마찬가지야. 물론 나 역시 호랑이 아가리에 대가리 디밀기 전에 돌로 쳐 죽여도 마땅한 놈이야. 그러니 당신네들 제발 잘난 척 좀 하지 마. 당신네들이 잘났으면 얼마나 잘났어? 그 모두가 오십보백보야. 거기서 거기란 말이야. 넥타이 했다고 뽐내지도 말고 나처럼 남루하다고 기죽을 필요도 없어. 모두가 못난 놈이고 사기꾼인 건 마찬가지란 말이야. 할 말 있으면 어디 한번 낯짝들 쳐들고 말해봐."

"……"

"내가 한마디 하지. 당신들이 타짜꾼인 나를 천하에 몹쓸 사기꾼으로 지목했으니 내가 앞장서서 윗도리 벗겠소. 사람들이란 대부분 사소한 일로 속절없이 죽지만, 오늘 밤 귀신도 잡아먹는다는 산신령한테 물려 죽는다면 그 또한 크나큰 영광이지. 따지고 보면, 당신들이나 나나 똑같은 인생이고 한 닢의 구리 동전에 불과해. 한 닢의 동전은 어디서도 쓸 수 있지만 한 번밖에 쓸 수 없다는 건 당신들도 알고 있는 철학이지. 인생 한 번밖에 못 살고, 한 번밖에 죽지 못한다는 뜻이야. 그러니 초를 다투는 낭떠러지 위에 서서 언제 터질지 모르는 폭탄 돌림이나 하고 있는 한심하고 가소로운 당신네들보다 내가 한 발짝 앞서 저승으로 가는 것뿐이야. 사십 평생을 남의 눈총만 받고 동굴 같은 음지에서 살아왔으니 며칠 앞서 죽는다고 억울할 것도 없지. 호랑이가 내 옷을 물기만 하면 내가 솔선수범으로 차에서 내릴 테니까 조급한 마음에 뒤에서 떠밀지는 마시오들. 난 돌아갈 집도 절도 없는 홀아비 신세니깐 등 떠밀지 않아도 얼른 뛰어내릴 거야. 그런데 말이야, 만에 하나 호랑이가 내 옷을 멀리 내던지면, 그때는 내가 지목하는 순서대로 옷을 던져야 해. 알겠어?"

독백 끝에 나온 타짜꾼의 제안에 어느 누구도 토를 달지 못했다. 그의 제안이 거침없는 일사천리였고, 다른 일행들은 감히 엄두조차 낼 수 없는 발언이었기 때문이다. 아니나 다를까, 독백이 끝나자마자 타짜꾼은 자신의 윗도리를 훌훌 벗었다. 그의 행동에 다른 일행은 넋을 놓고 희멀거니 바라보고만 있었다. 비명횡사를 코앞에 두고도 전혀 흔들림이 없는 그 사내의 자신만만한 태도를 도무지 이해할 수 없었으므로, 현실 세계를 보고 있다는 느낌을 받을 수 없었다. 타짜꾼은 옷이 멀리 날아갈 수 있도록 똘똘 뭉친 다음 호랑이를 향하여 휙 내던졌다. 다만 그 행동 전에 한마디 했다.

"씨발, 한 번 죽지 두 번 죽나."

어둠을 가르며 날아간 옷은 정확하게 호랑이 코앞에 떨어졌다. 일행은 고개를 디밀어 올리고 호랑이의 선택을 숨죽여 지켜보았다. 드디어 호랑이가 미동도 하지 않던 몸을 움직였다. 고개를 앞으로 약간 내밀더니 떨어진 옷에 코를 갖다 대고 냄새를 맡았다. 그러고는 입으로 옷을 물어 길섶으로 내던져 버렸다. 한참을 기다려도 내던진 옷을 다시 끌어당기지 않았다. 타짜꾼은 아무런 동요도 보이지 않았다. 넥타이가 지금까지와 달리 말의 품격을 올려 일행을 돌아보며 얼른 말했다.

"저분 이제 보니, 산신령의 기세도 단숨에 꺾을 수 있는 영험한 분이오. 어디 그뿐이겠소. 지금 앉아 있는 자리도 명당을 차지했소."

타짜꾼은 못 들은 척하고 무표정한 얼굴로 일행을 돌아보며 나지막하게 말했다.

"그럼 다음엔 누굴 지명할까?"

"지명하시지요. 지도자의 말씀인데, 누가 감히 거역하겠소."

넥타이가 그렇게 말하고 두 손을 번쩍 들었다. 타짜꾼은 두말없이 바로 그를 지목했다. 화들짝 놀란 넥타이가 한동안 호흡을 가다듬더니 순순히 윗도리를 벗어 타짜꾼에게 건네며 말했다.

"조건이 있소. 지도자인 형씨께서 던져주시오."

"당신이 안 던지고 왜 내게 일을 시켜요? 손이 없소, 팔이 없소?"

"형씨께서 정조준 해서 정확하게 호랑이 코앞에 던지지 않았소."

눈치로만 먹고살아 온 타짜꾼은 순간적이었으나 넥타이의 속내를 단숨에 읽었다. 넥타이는 타짜꾼에게 영험이 있다고 생각했던 것이다. 이를 눈치챈 타짜꾼도 호락호락한 위인은 아니었다. 그는 옷을 건네받기 전에 손바닥을 내밀었다.

"나를 빌리자면 비용이 든다는 건 알고 있겠지요?"

넥타이가 의아한 눈으로 타짜꾼을 바라보았다. 그러나 넥타이도 그의 속내를 재빨리 읽었다.

"얼마면 되겠소?"

"지갑에 든 것 몽땅 털어요. 이 차 안에서 명당자리 차지한 사람은 나뿐이라고 당신도 말하지 않았소. 나도 자릿값은 받아내야 하겠소."

"그렇소만, 내 주머니에 얼마가 들었는지 알기나 하시오?"

"많거나 적거나 그건 상관 않겠소. 중요한 것은 지갑을 몽땅 터는 자비심이오. 목숨이 오락가락하는 판국에 지갑 터는 게 대수요? 아까우면 당신이 손수 던지든지, 그건 당신이 선택할 노릇이지요."

"이런 날벼락이 있나."

"무슨 일이든 아는 체하는 당신도 날벼락 같은 사람이긴 마찬가지. 그럼 죽든지 살든지 당신 목숨 당신이 알아서 하시오."

다시 한번 분위기가 가라앉았다. 아직 차례를 기다리는 입장에서 타짜꾼의 요구는 정당한 것처럼 느껴졌다. 왜냐하면 주머니 털기가 싫다면 그만두라는 타짜꾼의 말에는 빠져나갈 여지가 얼마든지 있었기 때문이다. 그러나 모두 약속이라도 한 듯이 한 가지 일에 몰두하고 있었다. 그것은 각자의 돈주머니를 손에 꼭 쥐거나 얼마인가를 가늠해보는 것이었다. 넥타이는 이도 저도 못 하는 고민에 빠졌다. 그러나 결국은 지갑을 털어 타짜꾼에게 건네주고 말았다. 그다지 큰돈은 아니었다. 여비와 식비 몇 푼이 고작이었기 때문에 크게 억울할 것도 없었다. 돈을 건네받은 타짜꾼은 액수를 헤아리지도 않고 주머니에 쑤셔 박았다. 그리고 넥타이의 윗도리를 건네받아 똘똘 뭉친 다음 호랑이 앞 정확한 위치에 떨어뜨렸다. 모두 숨죽이고 호랑이의 선택을 지켜보았다. 곧 넥타이의 입에서 안도의 한숨이 터져 나왔다.

그것으로 몇 가지가 확실해졌다. 이제 일행 모두가 예외 없이 옷을 던져야 할 처지가 되었다는 것과, 일행 모두가 지금까지 사람 취급도 않았던 타짜꾼에게 많건

적건 주머니를 털어야 한다는 것이었다. 그로부터 서로 미루고 사양하던 일행이 앞다투어 옷 던지기를 자원했고, 돈주머니도 아낌없이 털었다. 포식자로서의 자질을 더할 나위 없이 갖춘 천하제일의 맹수라고 하지만, 그 야만성과 파괴력을 단숨에 분쇄할 수 있는 패기와 영험함이 오직 그 타짜꾼에게 있다는 것을 굳게 믿었던 것이다.

적재함에 타고 있던 모든 돈은 타짜꾼의 주머니 속으로 소용돌이치며 빨려 들어갔다. 그는 단숨에 졸부가 되었으나 크게 한 일은 없었다. 벗어준 옷을 호랑이 앞에 정확하게 떨어지도록 던지는 것이 그가 한 역할의 전부였다. 그는 만만한 도박판에서도 거의 사례를 찾아볼 수 없을 정도의 눈부신 성과를 눈 깜짝할 시간에 싹쓸이한 셈이었다. 반죽 좋은 협잡꾼이란 험담을 듣지도 않았다. 오히려 그를 바라보는 일행의 눈빛엔 선망과 존경심이 담겨 있었다. 적어도 이 순간만은 영웅으로 대접받는 데 눈곱만큼의 손색도 없었다.

그런데 세상일이란 언제나 그러하듯 거기서도 문제

가 생겼다. 운전기사를 제외한 그 트럭의 승객 모두가 옷을 벗어 던졌으나 호랑이는 그때마다 옷을 물어 길섶으로 던지고는 길을 비키지 않고 무엇인가를 다시 기다렸다. 아는 것이 많다고 자랑했으나 직업을 알 수 없는 넥타이 맨 신사, 농사꾼들의 가난한 주머니를 털어 연명하는 떠돌이 야바위꾼과 조수석에 있는 그의 아내, 신발 다섯 켤레를 도둑맞았다고 새빨간 거짓말을 늘어놓던 신발 장수, 노름방을 전전하며 속임수로 살아가는 타짜꾼, 썩은 생선을 팔고도 땅땅 벼르는 생선 장수, 바람잡이 가짜 약장수까지 모조리 옷을 벗었으나 그때마다 호식당할 팔자는 아니라는 확인을 받았는데도, 호랑이는 여전히 길을 비키지 않았고 다른 옷이 날아오기를 계속 기다렸다. 모든 것이 원점으로 돌아오고 말았다. 초조해진 사람들은 또다시 깊은 시름에 빠졌다.

"야속도 하지, 그럼 어쩌란 말이야…… 조롱만 당했어."

우쭐대고 있던 누군가의 입에서 한숨 소리와 함께 그런 넋두리가 흘러나왔다.

"공연한 일에 주머니만 몽땅 털렸군."

"우리가 당신한테 농락당했어."

"우릴 감쪽같이 속여서 거둔 돈 모두 게워내시오."

하지만 타짜꾼이 대뜸 반격에 나섰다. 그는 갑자기 거만을 떨었고 목소리에는 자신만만한 힘이 실려 있었다. 그의 자신감은 이 트럭 안에서 유일하게 성공한 사람이란 데서 비롯되었다.

"당신들이 목숨 보전하게 된 것은 모두 내 덕분인 줄 아시오. 믿지 못하겠다면 바지를 벗어서 당신들 손으로 던져보시든지…… 잡아먹히기 전에 얼어 죽고 말 테지만……"

아무도 바지를 벗어 던지는 사람은 없었다. 그러나 나서지 않아도 될 일에 주머니를 몽땅 털리고 빈털터리가 된 것은 못내 아쉬웠고 억울했다. 차제에 운전기사까지도 옷을 벗어 던져보라고 간청하고 싶었다. 그러나 만약 그가 호식당할 팔자로 지목된다면 트럭을 운전할 사람이 없었다. 그가 없어진다면 나머지 일행은 살아남아 보았자, 오도 가도 못 하는 신세가 될 것이었다. 호식

당할 팔자는 아니라는 보장을 받은 셈이었으나 인간말
짜로 괄시당하는 타짜꾼에게 주머니까지 털리고 말았
으니 이젠 살아도 사는 게 아니라는 절망에 빠져 있을
때, 넥타이가 느닷없이 손뼉을 치며 작은 목소리로 말
했다.

"이제 보니…… 한 사람 남았어요."

"남다니……?"

"저 짐짝 속에 숨어서 꼼짝도 않는 저 아이는?"

그가 큰 발견을 한 것처럼 손가락으로 준호를 가리켰
다. 그러나 모두 고개를 가로저었다.

"그건 안 됩니다. 저 아이는 철부지가 아니오. 저 아
이의 옷을 벗기면 우리는 살아나도 벌받습니다."

"옳은 말입니다. 우리가 아무리 나쁜 놈들이라 할지
라도 저 아이의 옷을 벗길 수는 없지요."

"아이는 제외합시다. 동족끼리 서로 죽이는 것은 도
랑에 사는 가재들뿐이라오."

그런데도 넥타이는 물러서지 않았다.

"안타까운 일이긴 합니다. 그러나 호식당할 팔자를

안고 태어나는 데 어른, 아이가 따로 있겠소? 저 아이의 운세가 어떤지 알고 있는 것은 저 산신령님뿐입니다. 나이가 어리다고 해서 호식될 팔자가 아니란 얘기는 듣지 못했소. 아닌지 긴지는 옷만 벗어 던져보면 알지 않겠소. 내가 저 아이를 내던지자 했소? 우리처럼 옷을 던져보자는 것이오. 내 말이 잘못되었소?"

그때 사태를 지켜보던 돌팔이 발치사가 말했다.

"난 저 아이가 신발 훔치는 걸 똑똑히 봤소. 신발을 냉큼 낚아채서 골목으로 뛰는데, 한두 번 해본 솜씨가 아닙니다. 순진한 애가 아닙니다. 어른 눈 빼먹을 아입니다."

발치사의 말이 채 땅에 떨어지기 바쁘게 생선 장수와 약장수가 벌떡 일어나서 짐짝 속에 숨어 있는 준호에게 다가갔다. 그러고는 다짜고짜 아이의 윗도리를 벗겼다. 벗긴 옷을 타짜꾼에게 넘기는 데 일 분도 채 걸리지 않았다. 그 일행 중 누구도 옷 벗기는 두 사람을 만류하지 않았다. 넥타이의 말에 일리가 있었고 발치사의 말을 믿었기 때문이다. 설령 그것이 거짓말이란 것을 알고 있었어도 믿었을 것이다. 모두 거짓말을 늘어놓지만, 그게 진정 거짓말인지 알아맞히기는 당분간 어렵다는 것을 알고 있었다.

놀라운 광경이 호랑이에게서 일어났다. 호랑이는 타짜꾼이 던진 옷을 냉큼 물었다. 일행들이 숨을 죽이고 바라보는 가운데 호랑이는 물었던 준호의 윗도리를 내려놓지도 않고 길가로 던지지도 않았다. 기다리고 또 기다려도 그 옷을 내려놓지 않았다. 넥타이가 흥분된 어조로 말했다.

"저것 보시오. 내 말이 맞지 않소."

어디서 손뼉 치는 소리까지 들렸다. 그와 함께 생선장수와 약장수와 돌팔이 발치사와 타짜꾼이 분연히 일어나 짐짝 속에 숨어서 오들오들 떨고 있는 준호를 낚아챘다. 준호의 입에서 아우성이 터져 나왔다. 그들은 전혀 사정을 두지 않고 발버둥 치는 준호를 돌멩이만 뒹구는 적재함 아래로 내동댕이쳤다. 준호를 잡아채서 적재함 아래로 내동댕이치는 시간은 이 분도 채 걸리지 않았다. 준호가 발버둥 치지만 않았다면 일 분도 걸리지 않았을 것이다.

길바닥에 떨어진 준호가 소리치며 울자, 또다시 전혀 예상하지 못했던 광경이 벌어졌다. 실제로 두 시간 가까이 길을 가로막고 있던 호랑이가 슬그머니 몸을 일으켜 길섶으로 물러났기 때문이다. 호랑이가 길 밖으로 물러나자마자 기다리고 있던 운전기사는 냉큼 시동을 걸었다. 그리고 항상 그랬던 것처럼 황장재의 구불구불한 내리막길을 향하여 거침없이 달려갔다. 흡사 엔진을 새것으로 갈아치운 자동차처럼 주춤거리지도 않고 기세 좋게 달려갔다. 이내 시야에서 사라져, 꽁무니를 따라가던 흙먼지조차 보이지 않게 되었다. 맨몸으로 길바닥에 내동댕이쳐진 준호는 혼백이 허공에 떠버려서 입에서는 울음소리도 아닌 이상한 괴성만 터져 나왔다.

그런데 이상한 일은 그다음에도 일어났다. 트럭의 꽁무니가 보이지 않고 일어난 먼지도 밤하늘 허공으로 사라질 때쯤, 길가로 물러나 있던 호랑이는 언제 그랬냐는 듯 준호를 본체만체하고 안개가 자욱해서 시야가 뿌옇게 흐린 산기슭으로 어슬렁어슬렁 꽁무니를 감추고 말았다. 그리고 두 번 다시 모습을 드러내지 않았다. 흔적도 없었다. 혼백이 떠버렸으나 호랑이가 모습을 감추고 말았다는 것은 진땀이 흐르는 준호도 눈치챌 수 있었다.

그 순간 준호는 뛰기 시작했다. 트럭이 자기를 버려두고 떠났던 바로 그 내리막길이었다. 윗도리도 벗겨진 채였고, 끝까지 가슴에 껴안고 있던 두 켤레의 고무신도 어디다 내던진 것인지 온데간데없이 사라졌다. 준호는 이제 아무것도 가진 게 없었다. 그 순간 준호에게 남아 있는 것은 가슴도 아니고 두 팔도 아니었다. 오직 남아 있는 것은 두 다리뿐인 것 같았다. 집에 당도했을 때는 이제 막 먼동이 트기 시작한 꼭두새벽이었다. 한길까지 나와서 기다리던 어머니가 두 발이 돌부리에 채어 피투성이가 된 준호를 덥석 껴안았고, 누렁이가 맹렬하게 꼬리를 치며 준호의 가슴까지 뛰어오르는가 하면 주위를 빙빙 돌며 어쩔 줄 몰라 하였다.

가벼운 부상을 입긴 했지만, 준호 혼자서 황장재를 넘어 무사히 집에 당도하여 어머니의 간호를 받으며 겨우 잠자리에 든 그 시각이었다. 화물트럭이 지나간 황장재 고갯길을 뒤늦게 출발해서 걸어서 넘고 있던 사람은 박호창 씨와 삼복이 아저씨였다. 그들은 읍내 장마당에 있는 선술집에서 만나 주거니 받거니, 술추렴을 하다가 달이 뜨기 시작할 무렵에야 장마당을 출발하여 황장재를 넘고 있었다. 물론 두 사람은 자주 황장재를 넘어 다녔기 때문에 멧돼지나 살쾡이같이 성질 매서운 산짐승과 마주쳐도 별반 놀란 적이 없었다. 그런 일쯤이야 항상 겪는 일이기도 했다. 배짱이 두둑한 사내들이라 도깨비에 홀린 적도 없었다.

허위단심으로 가파른 치받이 길을 올라 고갯마루에서 담배 한 대씩을 피우고 나서 다시 내리막길을 내려갔다. 두번째 산모퉁이를 넘어갔을 때 비로소 동녘 하늘이 희붐하게 밝아오면서 먼동이 트기 시작했다. 걸음이 빨랐기 때문이다. 그런데 주위에 수상한 낌새를 먼저 느낀 것은 아우뻘인 삼복이 아저씨였다. 그가 문득 걸음을 멈추고 귀를 기울이는 듯하더니, 형님뻘인 박호창 씨의 옆구리를 툭 치며 낮은 목소리로 말했다.

"형님, 뭔가 이상하지 않소?"

"왜 그러나?"

"낌새가 이상합니다."

"뭐가 이상해?"

"자세히 보시오. 저 아래, 낭떠러지 아래로 빨래 같은 것들이 널려 있는 것 같소."

"꼭두새벽에 빨래 같은 소리 하고 있네. 정신 차려, 이 사람아. 허깨비를 보았군."

"아닙니다, 형님. 빨래가 아니고 사람들 같소."

"허깨비가 아니고?"

"형님, 허깨비가 아니오. 자세히 보시오. 저기 계곡 바닥에 네 바퀴가 하늘을 보고 뒤집혀 있는 게 화물트럭 같소."

모골이 곤두서도록 놀란 두 사람이 허둥지둥 계곡 아래로 엎어지고 자빠지기를 반복하며 뛰어 내려갔다. 낭떠러지 아래에 거꾸로 처박힌 것이 화물트럭이라면 필경 준호가 탄 트럭일 것이었다. 앞서거니 뒤서거니 두서없이 계곡에 도착하고 보니 이웃사촌의 말은 허튼소리가 아니었다. 트럭은 거꾸로 뒤집혀 운전석이 어딘지 적재함 쪽이 어딘지 분간할 수 없을 정도로 산산조각이 났고, 계곡 여기저기에 흩어진 채로 휴지처럼 구겨져 널브러진 시신 중에 명줄이 붙어 있는 사람은 단 한 명도 없었다. 눈에 불을 켜고 살펴보아도 살아 있는 사람을 찾아낼 수는 없었다. 신음조차 들을 수 없었다. 뿐만 아니었다. 삼복이 아저씨가 태워 보낸 준호의 시신도 찾을 수 없었다. 해가 뜰 때까지 아들의 이름을 외쳐 부르며 허둥지둥 계곡을 뒤지고 헤매보았으나 모든 것이 허사였다.

준호가 멀쩡하게 살아서 귀가했다는 것을 발견한 사람은 트럭 전복 사고를 알리기 위해서 마을로 뛰어갔던 삼복이 아저씨였다. 그리고 마당 한복판에 가지런하게 놓여 있는 새 고무신 두 켤레를 발견한 사람도 그였다. 그 신발에는 짐승의 이빨 자국이 선명하게 남아 있었다.

이야기의 전통과 동화의 내적 진실

홍정선°
(문학평론가)

동서양을 막론하고 동화의 뿌리는 설화 혹은 민담이라고 부르는 옛날이야기이다. 지난 시절 대부분의 우리나라 아이들은 화롯가에서 할아버지 할머니가 잠투정을 달래기 위해 들려주는 귀신과 도깨비 이야기를 들으면서, 입심 좋은 동네 어른들이 느티나무 아래에서 생

○ 1953년 경북 예천 출생. 서울대학교 국어국문학과와 같은 과 대학원을 졸업하고, 한신대학교 및 인하대학교 교수를 역임했다. 계간 『문학과사회』 편집동인과 문학과지성사 대표이사를 거쳐 현재는 문학과지성사 고문으로 있으며, 대한민국문학상 신인상, 소천비평상, 현대문학상 등을 수상했다.

생한 경험담으로 펼쳐놓는 여우와 호랑이 이야기를 들으면서 자라났다. 그리하여 아이들은 부엌과 화장실에 나타나는 몽당귀신, 빗자루귀신 이야기를 통해 캄캄한 밤중에 돌아다니면 위험하다는 사실을 자연스럽게 깨달았고, 신령스러운 호랑이 이야기와 변신하는 구미호 이야기를 통해 선악에 대한 판단과 남녀 사이에 필요한 분별을 은연중에 배웠다. 이렇듯 우리나라의 아이들을 교육한 것은 옛날이야기였다. 아이들은 옛날이야기를 통해 이야기의 재미와 함께 세상이 어떤 곳인지를 배우고 우리 인간이 살아가는 데 필요한 가치와 행동 규범을 전수받았다. 옛날이야기가 수천 년의 세월을 거쳐 현재에도 동화와 같은 장르로 강인하게 그 생명력을 유지하고 있는 이유가 바로 여기에 있는 것이다.

김주영의 『아무도 모르는 기적』은 우리 이야기의 전통을 이어받고 있는, 옛날이야기에 가까운 동화이다. 이 작품은 물론 "옛날 옛날에 호랑이 담배 먹던 시절에……"라는 식으로 시작하는, 설화적 세계의 이야기가 아니다. 그런 옛날이야기와는 배경과 등장인물과 서

술 방식이 판이하게 다른 근대적 동화이지만, 그럼에도
『아무도 모르는 기적』에는 옛날이야기로부터 이어지는
믿음과 사고방식이 있고 설화적인 분위기를 연출하는
풍경과 등장인물이 있다. 다시 말해 우리에게 전근대적
인, 설화적 세계를 연상하게 만드는 여러 대목이 있다.

이 작품의 시대 배경은 일제 강점기를 과거로 말하는
대목, 해결사처럼 행동하는 양복 입은 남자, 트럭을 타
고 시장에 가는 시골 사람의 모습 등으로 보아 1950년
대쯤이지만, 우리가 작품을 읽을 때 실감하는 시대 배
경은 그보다 훨씬 소급된 어떤 전근대적 시대이다. 이
를테면 작품 속에 등장하는, 장터 풍경을 묘사하는 다
음과 같은 대목에서 우리는 요즘의 세계와는 다른 전
근대적인 세계, 설화적 분위기를 풍기는 세계의 모습을
떠올리게 된다.

〔……〕멧돼지 네 다리를 새끼로 꽁꽁 묶어 짊어지고
오는 사람, 잎담배를 겨드랑이에 끼고 오는 사람, 미역
과 말린 가오리 짐을 지고 나타난 건어물 장수, 대광주

리를 머리에 이고 오는 아낙네, 땔나무 짐을 지고 나타난 늙은이, 돗자리를 어깨에 메고 팔러 오는 사내, 〔……〕 누룩 넣은 자루를 어깨에 메고 종종걸음인 장사꾼, 지게에 미투리나 짚신을 잔뜩 지고 오는 사람, 참기름병을 들고 종종걸음을 하는 아낙네, 〔……〕 방갓에 상복을 입은 채 땅만 보고 걷는 상주, 서로 마주 선 채 머리에 쓴 갓이 부서질세라 엉거주춤 허리 굽혀 정중히 인사를 나누는 노인네들, 〔……〕 (17~18쪽)

김주영은 거의 두 페이지에 걸쳐 이와 같은 열거의 방식으로 우리가 마치 조선 시대의 어느 시골 장터에 서 있는 듯 착각할 정도로 예스러운 풍경을 연출하고 있다. 단순하게 '멧돼지를 짊어지고 오는 사람' 혹은 '돗자리를 팔러 오는 사내'식으로 밋밋하게 열거하는 방식이 아니라 그들이 어떤 모습으로 나타나는지를 생동감 있게 보여주는, "네 다리를 새끼로 꽁꽁 묶어"라든가 "어깨에 메고"와 같은 구체적인 행태 묘사의 방식으로, 장터에 등장하는 다양한 인물들을 그림으로써 실감 나게 예스러운 풍경을 연출한다. 그래서 김주영의 『아무도 모르는 기적』을 읽는 사람들은 이 작품이 1950년대쯤이라는 시대적 배경을 설정하고 있음에도 불구하고 훨씬 소급된 과거의 어느 시대라는 생각을 강하게 가지게 된다.

다음으로 이 작품을 옛날이야기에 방불하게 만드는 것은 호랑이라는 존재이다. 호랑이는 중반부 이후에 등장하여 『아무도 모르는 기적』의 대화와 이야기의 흐름에 결정적인 영향을 미친다. 이 점은 호랑이가 등장한 이후부터 등장인물의 모든 대화와 행동이 호랑이라는 존재를 염두에 두면서 이루어지고 있는 사실에서 잘 알 수 있다. 호랑이는 트럭에 탄 사람들의 대화와 행동을 좌우하는 핵심적인 존재이면서 앞으로 발생할 자동차 사고를 미리 예견하고 준호를 트럭에서 내리게 만드는 존재이다. 이렇게 호랑이는 중반부 이후부터 작품의 흐름을 좌우하고 준호에게 일어날 기적을 연출하는 결정적 역할을 한다. 그렇기 때문에 이 작품의 제목인 '아무도 모르는 기적'의 주체는 사람이 아니라 호랑이이다. 그럼에도 이 작품에서 호랑이가 보여주는 직접적 행동은 의외라고 할 정도로 적다. 트럭 앞에 버티고 앉아서 던져주는 옷을 자신이 원하는 사람이 아니라는 부정의 표시로 밀쳐버리는 행위가 전부인 까닭이다. 사실이 작품에서 호랑이와 관련된 대부분의 이야기는 호랑이의 직접적 행동과 관련된 것이 아니라 호랑이를 의식하고 있는 사람들이 제멋대로 판단해서 보여주는 행위이다. "나는 짐작이 갑니다. 〔……〕 우리 중에 한 사람, 바로 그 사람이 스스로 차에서 내려와주기를 기다리고 있는 것입니다"(57~58쪽)라는 식의 추측성 판단과 그에 따라 이루어지는 윗도리 던져주기와 같은 행동이 작품의 대부분을 차지하고 있는 것이다. 이런 점에서 호랑이는 트럭 앞에 앉아 있는 것만으로도 누구도 거역할 수 없는 상황, 아무도 도망칠 수 없는 천재지변처럼 등장인물들을 압도하면서 사람들의 행위를 결정짓는 존재다.

그렇다면 어떻게 이 같은 일이 가능할 수 있을까? 아니, 작가와 독자는 이 같은 일을 부자연스럽지 않게 받아들일 수 있을까? 그것은 어린 시절부터 호랑이 이야기를 들으며 자라난 우리나라 사람들이 가지고 있는,

91

호랑이를 짐승의 차원을 넘어 신령스러운 존재로 간주하는 우리 민족의 무의식이 이 작품의 기저에서 작용하고 있기 때문일 것이다. 이 사실은 이 작품 속의 유일한 지식인인, '신사복 차림에 넥타이를 맨 사내'의 다음과 같은 말을 통해 알 수 있다.

"저기 있는 짐승은 산에서 내려왔다 해서 산림호山林虎라고 부르기도 하고 출림호出林虎로 부르기도 하오. 출림호라면 예부터 귀신도 잡아먹는다는 백수의 우두머리가 아니겠소. 짐승 중에서 유일하게 사람이 죽고 사는 것을 주관하기 때문에 호랑이로 부르지 않고 산신령이라 부르는 게 옳습니다. 저승사자지요. 태어날 때부터 위엄과 호기를 지니고 있는 산신령은 그래서 군자의 모습을 갖추었소. 우리 사람의 눈에는 호랑이로 보이지만 본색은 그래서 산신령입니다. 치명적인 살상력을 가져서 귀신도 잡아먹는데 사람 잡아먹기야 식은 죽 먹기 아니겠소."(54~55쪽)

호랑이에 대해 넥타이를 맨 사내가 하는 이 같은 말에는, 호랑이를 산신령으로 간주하는 태도에서 알 수 있듯, 우리 민족의 사고방식이 십분 반영되어 있다. 그렇기 때문에 트럭에 탄 모든 사람은 호랑이에 대해 넥타이를 맨 사내가 한 이야기를 누구도 정면으로 반박하지 못한다. 호랑이를 신령스러운 존재로 간주하면서 두려워하는 태도는 사람의 선악과 빈부귀천에 관계없이 우리나라 사람이면 누구나 가지고 있는 보편적 모습인 것이다. 이렇듯 호랑이는 설화적 세계를 벗어나 근대 세계에 살고 있는 사람들에게도 특별한 존재이다.

단군신화와 고구려의 청룡백호도까지 거슬러 올라가는 한국인과 호랑이의 관계는 오랜 역사를 자랑한다. 이 사실을 우리는 불교와 토착 신앙의 타협인, 사찰의 산신각에서 어렵사리 발견할 수 있다. 산신령의 사자로 백발노인을 태우고 있는 호랑이의 모습에서 우리는 일찍부터 호랑이를 신격화시켜 숭배해온 유구한 전통을 읽을 수 있다. 또 우리나라 사람들은 일찍부터 호랑이를 산신령 혹은 산신령의 사자로 간주하면서 나쁜 귀신을 막아주고 착한 이를 도와주는 영물靈物이라 생각했기 때문에 정초正初에 붙이는 세화歲畵의 주요 소재로 널리 사용했다. 그러면서 눈을 부릅뜨고 날카로운 송곳니를 보이고 있는 호랑이의 모습을 전혀 무섭지 않게 그려놓음으로써 호랑이에 대한 경외감과 우호감을 자연스럽게 표현했다. 호랑이를 두렵게 여기면서도 다른 한편으로 친밀감을 가졌다는 사실을 우리는 호랑이가 등장하는 여러 가지 설화와 시골 할아버지처럼 푸근하게 그려져 있는 민화에서 발견할 수 있는 것이다.

김주영은 『아무도 모르는 기적』에서 우리 민족의 심성에 자리 잡은 호랑이에 대한 사유 방식을 길어 올리고 옛날이야기 속에 풍부하게 들어 있는 설화적 이미지를 적절하게 계승함으로써 이 작품의 흐름을 어색하지 않게 만들었다. 또한 준호에게 일어난 누구도 쉽게 믿기 어려운 기적, 어쩌면 영원히 준호와 호랑이만이 사실 여부를 알고 있을 기적 같은 이야기를 모두가 그럴 듯하게 생각하는 이야기로 만들었다. 준호만이 왜 트럭에서 내리게 되었는지를, 트럭에 남은 다른 사람들은 왜 비극적 죽음을 맞이해야 했는지를 독자들이 나름으로 판단하며 어색하지 않게 받아들일 수 있는 이야기의 틀을 만들어낸 것이다.

동시에 김주영은 이 동화가 사람들에게 주는 교훈을 호랑이 이야기에 깃들어 있는, 시간을 뛰어넘는 민중적 열망, 모든 민담적 이야기의 기원과 창작에 도사리고 앉아 이야기의 전승과 재생산을 추동하는, 우리가 '내적 진실'이라고 불러야 할 어떤 공통의 열망에 연결시킴으로써 사람들이 손쉽게 동의할 수 있는 보편적인 것으로 만들었다. 이 점은 이를테면 다음과 같은 방식으로 설명할 수 있다. 우리나라 어머니들은 자기 자식이 평범한 아이라는 사실을 좀처럼 인정하지 않는다. 그러면서 자기 아이의 천재성을 발현시켜줄 방법을 찾아 동분서주한다. 이런 어머니들에게 어떤 아이가 강남의 학교로 옮겨서 혹은 강남에 있는 학원에 다녀서 좋은 대학에 들어갔다는 이야기는 실제 사실과 상관없이 떨쳐버릴 수 없는 유혹이다. 이런 점에서 평범한 아이가 뛰어난 아이로 거듭나는 이야기를 현대판 민담으로 성립

시키는 힘, 이 이야기를 폭넓게 유통시키는 에너지는 자기 자식을 천재적으로 만들고 싶어 하는 어머니들의 공통된 내적 열망이라 할 수 있다.

그렇다면 김주영의 『아무도 모르는 기적』에 깔려 있는 내적 진실, 이야기의 전통을 이어받은 이 작품이 기저에 깔고 있는 열망은 무엇일까? 그것을 필자는 올바름 혹은 진실됨에 대한 무의식적 바람이라 말하고 싶다. 이 작품에서 트럭에 탄 인물 중 진실한 사람은 준호뿐이다. 주인공 준호를 제외하고는 모두 남을 속여 자신의 이익을 취하는 일을 밥 먹듯이 하는 사람들이다. 이 사실은 호랑이 앞에서 이들이 보여주는 행태를 통해 여지없이 드러난다.

"(……) 나를 비롯해서 당신들 모두가 순진한 백성들 사기 쳐서 먹고살기는 매한가지야. 잘난 체하고 변죽을 떨고 있는 넥타이 맨 저 사람도, 썩은 생선 팔고 있는 저 사람도, 멀쩡한 이빨을 썩었다고 거짓말하고 주머니 밝기고 있는 돌팔이 발치사도, 북 치고 장구 치며 가짜 약

팔고 있는 약장수도, 원가보다 몇십 배를 불러 폭리를
취하는 신발 장수도, 억울한 백성들 주머니 발라서 배를
불리기는 다 마찬가지야. 〔……〕"(68~69쪽)

　자신을 누구보다 타락한, 나쁜 인간으로 여기는 일행
들을 향해 타짜꾼이 내뱉고 있는 이 같은 말은, 준호를
제외한, 트럭에 탄 모든 인간들이 부도덕하다는 사실을
보여준다. 이들은 모두 장터를 찾은 순진한 시골 사람
을 속여 자신의 이익을 부풀리는 짓을 거리낌 없이 하는
사람들이다. 그럼에도 이들은 호환虎患을 당할지 모르
는 순간까지도 전혀 반성의 기색이 없다. 옷을 던져주
는 일을 대신하며 악착같이 남의 지갑을 터는 타짜꾼의
행위에서 보듯 오로지 자기 이익을 챙기는 일에만 급급
할 따름이다. 그러면서도 이 타락한 어른들은―자기 신
발과 어머니 신발을 바꾸려 했던 준호의 내면적 진실은
고려하지 않은 채―어린 준호를 도둑으로 몰아 사정없
이 호랑이 앞에 내동댕이치는 잔인함마저 보인다.
　이런 점에서 김주영의 『아무도 모르는 기적』이 독자

들에게 전달하는 메시지는 올바르게 살라는 메시지이며, 민담적 이야기가 보여주는 공통의 열망은 올바른 세상에 살고 싶다는 열망이다. 늘 속으며 살아온 사람, 손해만 보면서 살아온 사람의 무의식 속에 대를 이어오며 형성되어 있는 올바른 세상에 대한 열망이다. 시골의 사랑방에 모여든 사람들이 오랫동안 사랑하며 유통시킨 호랑이 이야기와 암행어사 박문수 이야기 등의 밑바닥에 있는, 권선징악勸善懲惡과 사필귀정事必歸正을 바라는 민중적 열망이 이 책에도 맥맥이 흐르고 있다. 호랑이와 같은 초월적 존재, 박문수처럼 특별한 능력을 가진 청백리가 자신들을 괴롭히는 인간들을 처단하여 이 세상을 바로잡아주기를 바라는 사람들의 내적 열망이 김주영이라는 탁월한 이야기꾼의 입담을 빌려 새로운 이야기로 탄생한 것이다.

준호가 멀쩡하게 살아서 귀가했다는 것을 발견한 사람은 트럭 전복 사고를 알리기 위해서 마을로 뛰어갔던 삼복이 아저씨였다. 그리고 마당 한복판에 가지런하게 놓여 있는 새 고무신 두 켤레를 발견한 사람도 그였다. 그 신발에는 짐승의 이빨 자국이 선명하게 남아 있었다. (85쪽)

그렇기 때문에 김주영의 『아무도 모르는 기적』은 아이들만을 위한 동화가 아니라 우리 모두를 위한 동화이다. 아이들이나 청소년들이 올바르게 살아가기를 권유하는 동화인 동시에 어른들로 하여금 자신들이 살아온 모습을 들여다보게 만드는 동화이다. 또 이면적으로는 사람은 올바르게 살아야 한다는 메시지를 전달하면서 표면적으로는 우리 인간들이 얼마나 추악하게 살고 있는지를 여지없이 보여주는 동화이다. 김주영의 『아무도 모르는 기적』이 우리 모두를 위한 동화라는 사실은 작가가 이 작품에서 구사하는 "운전기사는 사타구니에 솔방울 끼워 넣은 사람처럼 뒤뚱뒤뚱 길섶 쪽으로 걸어갔다"(42쪽)와 같은, 성인을 염두에 두고 있는 비유적 표현에서도 확인할 수가 있다. 이와 함께 이 작품 속에서 종종 만날 수 있는 "앞쪽으로 한 발짝 전진하자면, 뒤쪽

으로 몇 발짝 흔들리다가 가까스로 자동차라는 이름을
되찾아 돌멩이가 쭈뼛쭈뼛 솟아 있는 비포장도로를 몸
을 비틀어 덜컹거리며, 으르렁거리며, 엉금엉금 기어갔
다"(40쪽)와 같은 수준 높은 비유도 이 작품이 우리 모두
를 위한 동화라는 것을 말해준다. 이처럼 사물의 모습
을 재미있고 생동감 있게 그려내는 비유적 표현이야말
로 김주영이 일찍부터 민중적 해학을 유감없이 구사하
며 수많은 이들에게 읽는 재미를 선사하던 방식이기 때
문이다.